C000092697

COLLECTION FOLIO

Philip K. Dick

Petit déjeuner au crépuscule

et autres nouvelles

*Traductions de l'américain revues et harmonisées
par Hélène Collon*

Gallimard

Ces nouvelles sont extraites de *Paycheck et autres récits*
(Folio SF n° 164).

Titres originaux :

BREAKFAST AT TWILIGHT
(première parution : *Amazing*, juillet 1954)

SMALL TOWN
(première parution : *Amazing*, mai 1954)

THE CHROMIUM FENCE
(première parution : *Imagination*, juillet 1955)

*Cet ouvrage est publié avec l'accord de l'auteur et de son agent
Baror International Inc., Armonk, New York, USA.*

C'est à Chicago, en décembre 1928, que Philip Kindred Dick et sa sœur jumelle Jane Charlotte voient le jour. Malheureusement la petite fille meurt quelques semaines après sa naissance. Philip a quatre ans lorsque ses parents divorcent et il ne reverra presque plus son père. Resté seul avec une mère autoritaire et ambitieuse, le petit garçon se réfugie dans des mondes imaginaires. Après une adolescence difficile, il commence des études de philosophie, mais est renvoyé de l'université de Berkeley pour communisme. Il enchaîne alors les petits boulots : vendeur dans un magasin de disques, programmateur dans une station de radio… Il publie de courts textes de science-fiction et de poésie dans une revue universitaire. En mai 1948, il épouse Jeanette Marlin mais divorce six mois plus tard pour convoler avec Kleo Apostolides. Dick est confronté au FBI car sa femme affiche ses convictions gauchistes. Ce second mariage dure huit ans. Les années cinquante le voient alterner écriture et périodes de dépression. En 1955, paraît son premier roman, *Loterie solaire.* Pour tenir le coup et garder son rythme, il prend toutes sortes d'excitants. Il se sent sans cesse surveillé, victime de complots… Il divorce de Kleo pour épouser Anne Williams Rubinstein, mais le couple ne tarde pas à s'entre-déchirer. Ce moment difficile est pourtant très fécond d'un point de vue littéraire et il commence à être un écrivain reconnu. En 1963, Philip K. Dick reçoit le prix Hugo pour *Le maître du Haut Château*. Il quitte Anne et épouse Nancy Hackett âgée de vingt et un ans et enceinte de leur fille Isa. De plus en plus dépendant des médicaments et atteint de paranoïa, il écrit cependant des chefs-d'œuvre : *Les androïdes rêvent-ils de moutons électriques ?* (qui deviendra *Blade Runner* au cinéma), *Ubik*, *Substance mort...* Lorsque Nancy le quitte, il se fait interner dans un hôpital psychiatrique et suit une cure de désintoxication. En avril 1973, il épouse la très jeune Tessa Busby qui lui donne un fils. Il est de plus en plus attiré par le christianisme. L'Europe commence à s'intéresser à cet écrivain atypique. Après quelques années de stabilité, il retombe dans ses travers : rupture, divorce, tentative de suicide, hospitalisation... Il continue à écrire : *Deus irae* avec Robert Zelazny, *La trilogie divine*. Il meurt d'un arrêt cardiaque le 2 mars 1982 et est enterré dans le Colorado à côté de sa sœur.

Auteur de trente-six romans et de cinq recueils de nouvelles, adapté de nombreuses fois au cinéma (*Blade Runner, Total Recall, Minority Report, Paycheck...*), Philip K. Dick s'est sans cesse interrogé sur la réalité, ses modifications et ses manipulations.

Petit déjeuner au crépuscule

« Papa ? » Earl sortit en coup de vent de la salle de bains. « Tu nous conduis à l'école aujourd'hui ? »

Tim McLean se resservit du café. « Pour une fois, les enfants, vous irez à pied. La voiture est en réparation. »

Judy fit la moue. « Mais il pleut !

— Non, rectifia sa sœur Virginia en écartant le store. Il y a beaucoup de brouillard, mais il ne pleut pas.

— Voyons ! » Mary McLean s'essuya les mains et délaissa son évier. « Quel drôle de temps. C'est du brouillard, ça ? On dirait plutôt de la fumée. On n'y voit rien du tout. Que dit la météo ?

— Je n'ai rien pu capter à la radio, dit Earl. Juste des parasites. »

Tim eut un mouvement de colère. « Cette saleté s'est encore détraquée ? Je venais pourtant de la faire réparer. » Encore tout ensommeillé, il alla manipuler distraitement les boutons de l'appareil.

Les trois enfants allaient et venaient en toute hâte en se préparant pour l'école.

« Curieux, reprit Tim.

— J'y vais. » Earl ouvrit la porte d'entrée.

« Attends tes sœurs, lui ordonna Mary d'un air absent.

— Je suis prête, dit Virginia. Je suis bien ?

— Très bien, répondit Mary en l'embrassant.

— J'appellerai le réparateur depuis le bureau », dit Tim.

Il s'interrompit. Earl se tenait à la porte de la cuisine, pâle, silencieux, les yeux écarquillés de terreur.

« Qu'est-ce qu'il y a ?

— Je... je suis revenu.

— Pourquoi ? Tu es malade ?

— Je ne peux pas aller à l'école. »

Ils le dévisagèrent. « Qu'est-ce qui ne va pas ? » Tim le prit par le bras. « Pourquoi tu ne peux pas aller à l'école ?

— Ils... ils ne me laissent pas.

— *Qui* ?

— Les soldats. » Tout à coup, les mots se bousculèrent. « Il y en a partout. Avec des fusils. Et ils viennent par ici.

— Des soldats ? Ici ? répéta Tim, hébété.

— Oui, et ils vont... » Earl se tut, terrifié. Un bruit de bottes pesantes leur parvenait de la terrasse, à l'avant de la maison. Puis ce fut un craquement de bois qui cède, et enfin des voix.

« Seigneur ! haleta Mary. Qu'est-ce qui se passe, Tim ? »

Celui-ci passa dans le salon, le cœur battant à grands coups douloureux. Trois hommes se tenaient dans l'embrasure de la porte. Uniformes kaki, armes volumineuses, appareillage complexe à base de tubes et de tuyaux, le tout complété par des compteurs pourvus d'épais cordons électriques, des boîtiers à lanières de cuir, des antennes... Ils portaient aussi des masques très perfectionnés derrière lesquels Tim aperçut des visages las et mangés de barbe, des yeux rougis qui le regardaient avec une hostilité brutale.

L'un d'eux leva son arme d'un coup sec et la braqua sur l'abdomen de McLean. Tim la contempla, sidéré. Une *arme*. Longue et fine comme une aiguille. Reliée à un enroulement de tuyaux.

« Bon Dieu, mais qu'est-ce que... ? » commença-t-il.

Le soldat lui coupa brutalement la parole. « Qui êtes-vous ? » La voix était rude, gutturale. « Qu'est-ce que vous faites là ? » Il écarta son masque. Il avait la figure toute sale. Sa peau cireuse était criblée de coupures et de cicatrices en creux. Il lui manquait des dents, d'autres étaient cassées.

« Répondez ! ordonna un autre soldat. Qu'est-ce que vous faites ici ?

— Faites voir votre carte bleue, dit un troisième homme. Voyons votre numéro de secteur. » Alors il aperçut Mary et les enfants à la porte du salon et en resta bouche bée.

« Une *femme* ! »

Les trois soldats la dévisagèrent, incrédules.

« Qu'est-ce que c'est que ça ? demanda le premier. Depuis combien de temps cette femme est-elle ici ? »

Tim retrouva l'usage de la parole. « C'est mon épouse. Qu'y a-t-il ? Qu'est-ce qui...

— Votre *épouse* ? » Ils n'en croyaient pas leurs oreilles.

« Oui, ma femme. Et voici mes enfants. Pour l'amour de Dieu...

— Votre femme ? Et vous l'avez amenée ici ? Vous avez dû perdre la tête !

— Il a la maladie des cendres », dit un autre soldat. Il abaissa son arme et traversa le salon à grands pas en direction de Mary. « Allez, petite. Vous venez avec nous. »

Tim fonça...

Et entra en collision avec un champ de force. Il s'étala et des vagues noires se mirent à rouler tout autour de lui. Ses oreilles bourdonnaient, sa tête lui faisait mal. Tout s'estompait. Il n'avait plus conscience que de vagues formes évoluant dans la pièce, de voix indistinctes... Il tâcha de reprendre ses esprits.

Les soldats faisaient reculer les enfants. L'un d'eux attrapa Mary par le bras et, déchirant sa robe, lui dénuda les épaules. « Ça alors ! Il l'amène ici et elle n'est même pas attachée, lâcha-t-il d'un ton hargneux.

— Emmenez-la.

— Bien, mon capitaine. » Le soldat entraîna Mary vers la porte d'entrée principale. « On en fera ce qu'on pourra.

— Les gosses. » Le capitaine fit signe au troisième soldat, qui se tenait près des enfants. « Prenez-les aussi. Je n'y comprends rien. Pas de masques, pas de cartes… Comment cette maison a-t-elle pu échapper au pilonnage ? La nuit dernière a été la pire depuis des mois ! »

Tim parvint péniblement à se remettre sur pied. Le sang lui coulait de la bouche. Sa vision se brouillait. Il se retint au mur. « Écoutez, murmura-t-il. Pour l'amour de Dieu… »

Mais le capitaine regardait fixement dans la cuisine. « C'est… c'est de la *nourriture* ? » Il traversa lentement la salle à manger. « Regardez-moi ça ! »

Les autres le suivirent, oubliant Mary et les enfants, et se rassemblèrent autour de la table, stupéfaits.

« C'est pas possible !

— Du café ! » L'un d'eux saisit la cafetière et engloutit goulûment son contenu. Il s'étrangla et le liquide dégoulina sur sa vareuse. « Bon sang ! Du café bien chaud !

— De la crème ! » Un autre avait ouvert le réfrigérateur. « Regardez ! Du lait, des œufs, du beurre, de la viande ! » Sa voix se brisa. « C'est plein de nourriture. »

Le capitaine disparut dans le garde-manger et en ressortit en tirant une caisse pleine de boîtes de petits pois.

« Allez chercher le reste. Ne laissez rien. On va tout charger dans le *serpent*. »

Il posa bruyamment la caisse sur la table. Puis il fouilla dans sa vareuse crottée jusqu'à mettre la main sur une cigarette, qu'il alluma sans quitter Tim des yeux. « Bien, reprit-il. Voyons un peu ce que vous avez à dire. »

Tim ouvrit et referma la bouche. Pas un mot n'en sortit. Il avait la tête vide. Il se sentait comme mort à l'intérieur. Il n'arrivait pas à réfléchir.

« Ces réserves de nourriture, où les avez-vous trouvées ? Et tout ce matériel ? » D'un geste, le capitaine engloba la cuisine. « La vaisselle, le mobilier. Comment se fait-il que la maison n'ait pas été touchée ? Comment avez-vous survécu à l'attaque de la nuit dernière ?

— Je... » hoqueta Tim.

Le capitaine vint sur lui d'un air menaçant. « Cette femme et ces enfants, vous tous... Qu'est-ce que vous faites là ? » Le ton était impitoyable.

« Vous avez intérêt à vous expliquer, mon vieux. Sinon, on va être obligé de vous carboniser tous. »

Tim s'assit à la table et prit une profonde inspiration saccadée, essayant de mettre un peu d'ordre dans ses idées. Il avait mal partout. Il essuya le sang qui lui maculait les lèvres et se rendit compte qu'il avait une molaire cassée et des bouts de dents un peu partout dans la bouche. Il sortit un mouchoir et les cracha dedans. Ses mains tremblaient.

« Allez », dit le capitaine.

Mary et les enfants se glissèrent dans la pièce. Judy pleurait. Sous le choc, le visage de Virginia était vide de toute expression. Blême, Earl fixait les soldats, les yeux écarquillés.

« Tim, dit Mary en posant une main sur son bras. Ça va ? »

Il hocha la tête. « Ça va. »

Mary rajusta sa robe. « Ils ne peuvent pas s'en tirer comme ça, Tim. Quelqu'un va venir. Le facteur, les voisins. Ils ne peuvent tout de même pas…

— La ferme », jeta le capitaine. Il battit curieusement des paupières. « Le facteur ? Qu'est-ce que vous racontez ? » Il tendit la main. « Voyons voir votre fiche jaune, petite.

— Ma fiche jaune ? » bredouilla Mary.

Le capitaine se frotta la mâchoire. « Pas de fiche jaune, pas de masques, pas de cartes…

— Ce sont des *TSB*, dit un soldat.

— Peut-être. Mais peut-être pas.

— Je vous dis que c'est des TSB, capitaine. On ferait mieux de les cramer. On peut pas prendre de risques.

— Il se passe des trucs bizarres, ici », dit le capitaine. Il porta la main à son col et tira un petit boîtier attaché à un cordon. « Je fais venir un *polit*.

— Un polit ? » Un frisson s'empara des soldats. « Attendez, mon capitaine. On peut régler ça nous-mêmes. Faites pas venir de polit. Il nous passera en 4, et alors on pourra plus... »

Mais le capitaine se mit à parler dans le boîtier. « Branchez-moi sur le Réseau B. »

Tim regarda Mary. « Écoute, ma chérie. Je vais...

— La ferme. » Un soldat le poussa du bout de son arme et Tim se tut.

Le boîtier émit un couac. « Ici Réseau B.

— Vous avez un polit de libre ? On est tombés sur un truc très bizarre. Un groupe de cinq personnes. Un homme, une femme, trois gosses. Ni masques, ni cartes ; la femme pas attachée et le logement en parfait état. Mobilier, appareils ménagers, et environ cent kilos de provisions de bouche. »

Son correspondant hésita. « Entendu. On vous envoie un polit. Restez sur place. Ne les laissez pas s'enfuir.

— Pas de danger. » Le capitaine laissa retomber le boîtier sous sa chemise. « Le polit sera là dans quelques minutes. En attendant, on charge la nourriture. »

Une espèce de roulement de tonnerre retentit au-dehors, qui ébranla la maison et fit s'entrechoquer les assiettes dans le placard.

« Dis donc, fit un soldat. C'est pas passé loin.

— J'espère que les écrans tiendront jusqu'au crépuscule. » Le capitaine reprit la caisse de conserves. « Allez prendre le reste. Tout doit être embarqué avant l'arrivée du polit. »

Les deux soldats se chargèrent au maximum et le suivirent jusqu'à la porte d'entrée. Leurs voix décrurent à mesure qu'ils s'éloignaient dans l'allée.

Tim se mit debout. « Restez là, dit-il d'une voix pâteuse.

— Qu'est-ce que tu fais ? demanda nerveusement Mary.

— Je peux peut-être sortir. » Il courut à la porte de derrière et fit sauter le loquet d'une main tremblante. Il s'avança sur la terrasse. « Je ne les vois pas. Si nous pouvions seulement... »

Il s'interrompit.

Autour de lui roulaient des nuages de cendre grise qui s'enflaient à perte de vue et à travers lesquels se profilaient de vagues formes inégales, immobiles dans la grisaille ambiante.

Des ruines.

Des immeubles en ruine. Des amas de décombres. Partout des gravats. Il descendit l'escalier à pas lents. L'allée de ciment s'arrêtait abruptement ; au-delà, le paysage se composait exclusivement de monceaux de débris et de scories.

Rien ne bougeait. Nulle trace de vie dans ce silence grisâtre. Rien que des nuées de cendre à la dérive. La ville avait disparu. Les immeubles avaient été détruits. Il ne restait plus rien. Plus personne. Rien que des murs effondrés par pans entiers, avec çà et là de rares herbes noires. Tim en effleura une. Elle avait une tige épaisse, rugueuse. Et cette espèce de lave... C'était du métal. Du métal fondu. Il se redressa et...

« Rentrez immédiatement », lança une voix acerbe.

Il se retourna, comme engourdi. Les mains sur les hanches, un homme se tenait sur la terrasse derrière lui. Courtaud, hâve, avec de petits yeux brillants comme deux charbons ardents, il portait un autre genre d'uniforme. Son masque relevé découvrait un visage au teint jaunâtre, une peau un peu luisante qui adhérait aux pommettes. Un visage maladif, ravagé par la fièvre et la fatigue.

« Qui êtes-vous ? demanda Tim.

— Douglas. Commissaire politique Douglas.

— Vous... vous êtes de la police ?

— C'est exact. Et maintenant, rentrez. J'attends de vous un certain nombre de réponses. J'ai pas mal de questions à vous poser. D'abord, comment cette maison a-t-elle pu échapper aux bombardements ? »

Immobiles et muets, choqués, Tim, Mary et les enfants étaient assis sur le divan.

« Eh bien ? » demanda Douglas.

Tim retrouva enfin l'usage de la parole. « Écoutez, je n'en sais rien. Je ne sais pas du tout. Nous nous sommes levés ce matin comme tous les autres matins, nous nous sommes habillés et avons pris le petit déjeuner.

— Il y avait du brouillard dehors, dit Virginia. On a regardé par la fenêtre.

— Et la radio ne marchait pas, ajouta Earl.

— La radio ? » Le visage maigre de Douglas se contracta. « Il n'y a pas eu un seul signal audio depuis des mois. Excepté pour les affaires d'État. Cette maison… Je ne comprends pas non plus. Si vous étiez des TSB…

— Que veut dire cette expression ? s'enquit tout bas Mary.

— Troupes Soviétiques de Base.

— Alors la guerre a éclaté ?

— L'Amérique du Nord a été attaquée il y a deux ans, répondit Douglas. En 1978. »

Tim s'affaissa. « En 1978. Ainsi nous sommes en 1980. » Soudain, il sortit son portefeuille de sa poche et le lui lança. « Regardez ça. »

Douglas l'ouvrit d'un air soupçonneux. « Pourquoi ?

— La carte de la bibliothèque. Les accusés de réception. Regardez les dates. » Tim se tourna vers sa femme. « Je commence à comprendre. Une idée m'est venue en voyant toutes ces ruines.

— Est-ce qu'on est en train de gagner ? » intervint Earl de sa petite voix flûtée.

Douglas étudiait le contenu du portefeuille avec une vive attention. « Très intéressant. Tout cela est ancien. Sept-huit ans. » Il cligna des yeux. « Qu'est-ce que vous essayez de me dire ? Que vous venez du passé ? Que vous avez voyagé dans le temps ? »

Le capitaine revint. « Le serpent est chargé, monsieur. »

Douglas eut un bref hochement de tête. « Parfait. Vous pouvez repartir avec votre patrouille. »

Le capitaine jeta un coup d'œil à Tim. « Vous n'aurez pas besoin de…

— Je contrôle la situation. »

Le capitaine salua. « Bien, monsieur. »

Il ressortit sans attendre. Lui et ses hommes s'installèrent dans un étroit camion tout en longueur évoquant une grosse canalisation montée sur chenilles, qui fit un bond en avant en émettant un faible bourdonnement. Un instant plus tard, on ne distinguait plus que les nuages gris et la vague silhouette des bâtiments en ruine.

Douglas faisait les cent pas en examinant le salon, le papier peint, le plafonnier, les fauteuils. Il feuilleta quelques magazines. « Tout ça appartient au passé. Mais un passé récent.

— Sept ans se seraient écoulés ?

— Mais est-ce vraiment possible ? Il s'est passé tellement de choses ces derniers mois ! Le voyage dans le temps... » Douglas eut un sourire ironique. « En tout cas, vous êtes mal tombé, McLean. Vous auriez dû pousser plus loin dans le temps.

— Je n'ai pas choisi. C'est arrivé comme ça.

— Vous avez bien dû faire *quelque chose*. »

Tim secoua la tête. « Non. Rien. Nous nous sommes levés. Et nous nous sommes retrouvés... ici. »

Douglas s'absorba dans ses réflexions. « C'est-à-dire sept ans plus tard. Vous auriez donc été projetés dans le futur. Nous ignorons tout du voyage dans le temps. Aucune recherche n'a été entreprise dans ce domaine. Mais cela offre des possibilités évidentes sur le plan militaire.

— Comment la guerre a-t-elle commencé ? demanda Mary d'une voix éteinte.

— Hein ? Mais elle n'a pas à proprement parler *commencé*. Vous devez bien vous en souvenir, puisqu'elle était déjà là il y a sept ans.

— Je veux dire... cette guerre-ci.

— Ça ne s'est pas produit du jour au lendemain. Nous combattions en Corée, en Chine, en Allemagne, en Yougoslavie, en Iran. Le conflit s'est progressivement étendu au reste du globe. Et pour finir les bombes sont tombées ici aussi. Ça s'est propagé comme la peste. La guerre prenait de plus en plus d'ampleur. On ne peut pas dire au juste à quel moment tout a commencé. » Il rangea son carnet d'un geste brusque. « Bon. Si je faisais un rapport sur vous, on me soupçonnerait sans doute d'avoir attrapé la maladie des cendres.

— C'est quoi ? demanda Virginia.

— Les particules radioactives contenues dans l'atmosphère gagnent le cerveau et vous rendent fou. Tout le monde en souffre plus ou moins, malgré les masques.

— J'aimerais quand même bien savoir qui gagne, répéta Earl. C'était quoi, ce camion, dehors ? Il était propulsé par des fusées ?

— Le serpent ? Non. Par des turbines. Il a un museau fouisseur pour se frayer un passage dans les décombres.

— Comment les choses ont-elles pu changer à ce point en sept ans seulement ? dit Mary. Ce n'est pas croyable.

— Vous trouvez ? » Douglas haussa les épaules. « C'est possible. Je me rappelle encore ce que je faisais il y a sept ans. J'étais étudiant. J'avais un appartement et une voiture. J'allais danser. J'avais acheté un poste de télévision. Mais c'était déjà trop tard. Le crépuscule était là. Avec toutes les conséquences que nous connaissons aujourd'hui. Seulement, je l'ignorais. *Personne* ne savait. Mais ça avait déjà commencé.

— Et vous êtes commissaire politique ? se renseigna Tim.

— Oui, je supervise les troupes. Je repère les déviationnistes, En temps de guerre totale, il faut exercer une surveillance constante. Un seul Rouge lâché dans les Réseaux pourrait tout bousiller. On ne peut pas prendre de risques. »

Tim hocha la tête. « C'est vrai. C'était déjà un peu comme ça. Le crépuscule avait commencé à tomber. Mais nous ne nous rendions pas compte. »

Douglas examina les livres sur les rayonnages. « Je vous en prends deux ou trois. Je n'ai pas vu un seul roman depuis des mois. La plupart ont disparu dans le grand autodafé de 77.

— Un autodafé ? »

Douglas se servit dans la bibliothèque. « Shakespeare, Milton, Dryden. Je n'emporte que des classiques. C'est plus sûr. Pas de Steinbeck ni de Dos Passos. Même les polits peuvent s'attirer des ennuis. Si vous restez là, vous avez intérêt à vous débarrasser de ça, par exemple. » Il indiqua *Les Frères Karamazov*.

« Si nous restons ? Quelle autre solution avonsnous ?

— Vous voulez rester ?

— Certainement pas », répondit tout bas Mary.

Douglas lui jeta un bref coup d'œil. « Évidemment. Si vous restez, vous serez séparés, bien entendu. Les enfants dans les Centres de Relogement canadiens, les femmes en sous-sol, dans les usines-camps de travail et les hommes systématiquement mobilisés.

— Comme les soldats qui nous ont trouvés, compléta Tim.

— À moins que vous n'ayez le niveau pour le bloc CAT.

— Qu'est-ce que c'est que ça ?

— Conception et Applications Technologiques. Quelle formation avez-vous reçue ? Scientifique ?

— Non. Je suis dans la comptabilité. »

Douglas haussa les épaules. « Bon, on vous fera passer l'examen standard. Si votre QI est assez élevé, vous pourrez entrer au Service politique. Nous employons beaucoup de personnel masculin. » Les bras chargés de livres, il se tut, l'air pensif. « Vous avez intérêt à repartir, McLean. Vous aurez du mal à vous y faire. Si j'étais vous, je repartirais. En admettant que ce soit possible. Mais dans mon cas, la question ne se pose même pas.

— Repartir ? répéta Mary. Comment ça, repartir ?

— Comme vous êtes venus.

— Le problème, c'est que nous ne savons pas comment. »

Douglas fit halte devant la porte d'entrée. « La nuit dernière a eu lieu la pire attaque de *missirs* qu'on ait jamais vue. Ils ont pilonné toute la région.

— C'est quoi, ces missirs ?

— Missiles Robotisés. Les Soviétiques bombardent systématiquement le continent américain, kilomètre par kilomètre. Les missirs ne coûtent pas cher à fabriquer. Ils les tirent par millions. Tout le processus est automatique. Ce sont des usines entièrement robotisées qui les produisent et les lancent ensuite sur nous. Cette nuit, ils sont tombés ici — par vagues entières. Ce matin, la patrouille n'a plus rien retrouvé. Sauf vous, bien sûr. »

Tim acquiesça lentement. « Je commence à comprendre.

— La concentration d'énergie a dû ébranler une faille temporelle instable. Comme pour les failles géologiques. Nous n'arrêtons pas de déclencher des tremblements de terre. Mais un *tremblement de temps*… C'est intéressant. J'imagine que c'est ce qui s'est passé. Une pareille décharge d'énergie entraînant la destruction de toute cette matière… votre maison s'est retrouvée aspirée sept ans dans le futur. La rue elle-même, tout le quartier ont été pulvérisés. Et votre maison, sept ans en amont, a été prise dans la lame de fond qui s'est formée en réaction. La déflagration a dû avoir des répercussions jusque dans le temps.

— Aspirés dans le futur... fit Tim. Dans la nuit. Pendant notre sommeil. »

Douglas l'étudia attentivement. « Ce soir, il y aura une nouvelle attaque de missirs. Histoire d'achever le travail. » Il consulta sa montre. « Il est à présent quatre heures de l'après-midi. L'attaque débutera dans quelques heures. Vous devriez gagner les abris souterrains en sous-sol. Ici, rien n'en réchappera. Je peux vous emmener avec moi si vous le souhaitez. Mais si vous préférez prendre le risque de rester...

— Vous croyez que cela pourrait nous renvoyer chez nous ?

— Peut-être. Je ne sais pas. C'est un pari à prendre. L'attaque peut ou non vous renvoyer à votre époque. Sinon...

— Sinon, nous n'avons pas le moindre espoir de survie. »

Douglas déploya une carte d'état-major de poche qu'il étala sur le divan. « Une patrouille va se maintenir dans le secteur pendant encore une demi-heure. Si vous décidez de venir sous terre avec nous, suivez la rue dans cette direction. » Il traça un trait sur le plan. « Jusqu'à ce terrain vague. La patrouille en question est une Unité politique. Ils vous feront faire le reste du trajet. Vous pensez pouvoir trouver l'endroit ?

— Je crois que oui », dit Tim en étudiant la carte. Un rictus tordit ses lèvres. « Ce terrain vague était autrefois l'école primaire que fréquentaient mes enfants. C'est d'ailleurs là qu'ils allaient quand les soldats les ont interceptés. Il y a quelques heures.

— Vous voulez dire il y a sept ans », corrigea Douglas. Il replia le plan, le remit dans sa poche, puis rabaissa son masque et repassa la porte principale. « On se reverra peut-être. Peut-être pas. La décision vous appartient. Vous êtes obligés de choisir. Dans un cas comme dans l'autre… bonne chance. »

Il se détourna et s'éloigna à grandes enjambées.

« Papa, s'écria Earl, tu vas entrer dans l'armée ? Tu vas porter un masque et tirer avec un de ces fusils ? » Ses yeux pétillaient d'excitation. « Tu vas conduire un *serpent* ? »

Tim McLean s'accroupit et attira son fils à lui. « C'est ce que tu veux ? *Tu veux rester ici ?* Si je porte un masque et que je tire avec une de ces armes, on ne pourra plus jamais repartir. »

Earl semblait peu convaincu. « On pourrait repartir plus tard. »

Tim secoua la tête. « J'ai bien peur que non. On doit se décider maintenant.

— Tu as entendu ce qu'a dit Mr. Douglas », dit Virginia avec dégoût. « L'attaque va commencer dans quelques heures. »

Tim se redressa et entreprit de faire les cent pas. « Si on reste, on sera réduits en cendres. Regardons la vérité en face. Il n'y a qu'une faible

chance pour que nous soyons renvoyés dans
notre temps à nous. Tout au plus une vague possibilité. Est-ce que nous voulons vraiment rester
ici, avec ces missirs qui pleuvent, en sachant qu'à
tout instant ce peut être la fin... en les enten-
dant approcher, tomber de plus en plus près...
et nous couchés par terre à tendre l'oreille.

— Tu veux vraiment repartir ? demanda Mary.

— Bien sûr, mais les risques...

— Je ne te demande pas s'il y a des risques. Je
te demande si tu veux repartir. Peut-être préfères-
tu rester. Peut-être qu'Earl a raison. Toi en uniforme, revêtu d'un masque, avec un de ces fusils
aiguilles, conduisant un serpent...

— Et toi en usine-camp de travail ! Et les enfants en Centre de Relogement d'État ! À quoi
ça ressemblerait, à ton avis ? Qu'est-ce qu'on leur
enseigne ? Qu'est-ce qu'ils deviendraient en
grandissant ? En quoi croiraient-ils... ?

— On leur apprendrait sans doute à se rendre
très utiles.

— Utiles à qui ? À eux-mêmes ? À l'humanité ?
Ou à l'effort de guerre ?

— Ils seraient en vie, au moins, dit Mary. En
sécurité. Tandis que si nous restons ici à attendre l'attaque...

— Ouais ! ironisa Tim. Ils seraient vivants, et
sans doute en très bonne santé. Bien nourris,
bien habillés, bien soignés. » Son visage se durcit
et il contempla ses enfants. « Ils resteraient en

vie, c'est entendu. Ils grandiraient et deviendraient des adultes. Mais quel genre d'adultes ?
Tu as entendu ce qu'il a dit ? L'autodafé de 77 !
À partir de quoi va-t-on les éduquer ? Quelles
peuvent être les idées qui subsistent, après cela ?
Quel genre de convictions peut-on enseigner
dans un Centre de Relogement d'État ? Quelles
valeurs auront-ils ?

— Il y a toujours le bloc CAT.

— Ah, oui. Pour les bons éléments, les intel-
lectuels pourvus d'imagination jouant fébrile-
ment du crayon et de la règle à calcul. Dessinant,
planifiant, faisant des découvertes. Les filles
pourraient choisir cette branche. Elles conce-
vraient les armes. Earl, lui, pourrait entrer au
Service politique. Il s'assurerait que lesdites armes
sont bien employées. Si jamais des soldats
s'écartaient du droit chemin et refusaient de tirer,
Earl pourrait les dénoncer et les faire envoyer
en rééducation. Histoire de renforcer leur
conscience politique dans un monde où ceux
qui ont un cerveau dessinent les armes et où
ceux qui *n'en ont pas* s'en servent.

— Mais ils seraient vivants, répéta Mary.

— Tu as une drôle de conception de la vie !
Tu appelles ça vivre ? Enfin… » Tim secoua la tête
avec lassitude. « Peut-être as-tu raison. Peut-être
devrions-nous aller nous terrer avec Douglas. Rester dans ce monde-ci. Rester en vie.

— Je n'ai pas dit ça, répliqua Mary d'une voix

douce. Tim, je voulais m'assurer que tu comprenais vraiment pourquoi ça vaut la peine de rester à la maison, de courir le risque de *ne pas* être renvoyés en arrière.

— Alors tu veux tenter ta chance ?

— Bien sûr. Il le faut. On ne peut pas leur donner nos enfants. Pour qu'ils apprennent à haïr, tuer et détruire. » Mary eut un pâle sourire. « De toute façon, ils sont toujours allés à l'école Jefferson, qui ici, dans ce monde, n'est plus qu'un terrain vague.

— On rentre, alors ? » dit Judy de sa petite voix. Elle agrippa la manche de Tim d'un air implorant. « On rentre tout de suite ? »

Tim dégagea son bras. « Bientôt, ma chérie. »

Mary alla explorer les placards à provisions. « Tout est là. Qu'est-ce qu'ils ont pris ?

— Les boîtes de petits pois. Tout le contenu du réfrigérateur. Sans compter qu'ils ont enfoncé la porte d'entrée.

— Je parie qu'on va leur flanquer une raclée ! » claironna Earl. Il courut à la fenêtre mais la vue des tourbillons de cendre le déçut. « Je ne vois rien. Que du brouillard. » Il se tourna vers Tim d'un air interrogateur. « C'est toujours comme ça, ici ?

— Oui. »

Le visage d'Earl s'allongea. « Juste du brouillard, rien d'autre ? Le soleil ne brille jamais ?

— Je vais faire du café, dit Mary.

— Bien. » Tim passa dans la salle de bains et s'examina dans le miroir. Ses lèvres étaient fendues, maculées de sang séché. Il avait mal à la tête et se sentait l'estomac tout retourné.

« C'est quand même incroyable », commenta Mary tandis qu'ils s'asseyaient à la table de la cuisine.

Tim but son café. « En effet. » De sa place, il voyait par la fenêtre les nuées de cendre et, à travers elles, les immeubles en ruine à peine visibles.

« Le monsieur va revenir ? pépia Judy. Il était tout maigre et il avait une allure bizarre. Il ne va pas revenir, hein ? »

Tim consulta sa montre. Dix heures. Il la régla sur quatre heures et quart. « Douglas a dit que ça commencerait dès la tombée de la nuit. Ça ne sera plus long.

— Alors on reste, conclut Mary.

— On reste.

— Même si on n'a qu'une petite chance de s'en sortir ?

— Oui. Tu es contente ?

— Et comment. » Les yeux brillants, elle poursuivit : « Ça vaut le coup d'essayer, Tim. Tu le sais. Le jeu en vaut largement la chandelle. Et il y a autre chose. Nous serons tous ensemble... Personne ne pourra nous séparer. »

Tim se resservit du café. « On devrait s'installer à notre aise. Il nous reste peut-être trois heures à attendre. Autant en profiter. »

Le premier missir frappa à six heures et demie. Ils en sentirent l'onde de choc, telle une lame venant heurter la maison.

Judy sortit en courant de la salle à manger ; elle était livide. « Papa ! Qu'est-ce que c'est ?

— Rien. Ne t'en fais pas.

— Reviens, appela Virginia d'une voix impatiente. C'est ton tour. » Les filles jouaient au Monopoly.

Earl sauta sur ses pieds. « Je veux voir. » Il courut à la fenêtre, tout excité. « Je veux voir où il est tombé ! »

Tim souleva le store et regarda dehors. Au loin une lumière blanche brillait par intermittence. Une haute colonne de fumée phosphorescente s'en élevait.

Un deuxième coup de tonnerre ébranla la maison. Une assiette tomba de l'étagère dans l'évier.

La nuit était presque là. À part les deux impacts, Tim n'y voyait rien. Les nuages de cendre se perdaient dans l'obscurité entre les vestiges de bâtiments.

« Ça se rapproche », observa Mary.

Un troisième missir tomba. Les fenêtres du salon éclatèrent, semant du verre brisé sur le tapis.

« Il faut s'abriter, dit Tim.

— Où ça ?

— Au sous-sol. Venez. » Il déverrouilla la porte de la cave et ils défilèrent nerveusement dans l'escalier.

« De quoi manger, dit Mary. On devrait emporter ce qui reste, non ?

— Bonne idée. Descendez, les enfants. On arrive.

— Je peux porter quelque chose, dit Earl.

— Descends. » Le quatrième missir tomba, plus éloigné que le précédent. « Et ne t'approche pas de la fenêtre.

— Je vais mettre quelque chose devant, dit Earl. Le grand panneau de contreplaqué qu'on a utilisé pour mon train électrique.

— Excellente idée. » Tim et Mary retournèrent à la cuisine. « Des provisions, des assiettes, et quoi d'autre ?

— Des livres. » Mary regarda autour d'elle d'un air angoissé. « Je ne sais pas. Rien. Viens. »

Un bruit retentissant noya ses paroles. La fenêtre de la cuisine céda, les aspergeant de verre. Les assiettes qui séchaient au-dessus de l'évier dégringolèrent dans un torrent de porcelaine brisée. Tim attira Mary par terre. Par la fenêtre brisée, des volutes d'un gris menaçant pénétraient dans la pièce. L'air du soir était empuanti par une âcre odeur de pourriture.

Tim frissonna. « Tant pis pour les provisions. On redescend.

— Mais...

— Laissons tomber. » Il la prit par le bras et lui fit descendre l'escalier du sous-sol. Ils s'écrasèrent l'un contre l'autre en bas de l'escalier et Tim claqua la porte derrière eux.

« On n'a pas de provisions ? » demanda Virginia.

Tout tremblant, Tim s'essuya le front. « On n'en aura pas besoin.

— Donne-moi un coup de main », hoqueta Earl. Tim l'aida à poser le contreplaqué contre la fenêtre, au-dessus des bacs à linge. La cave était froide et silencieuse. Sous leurs pieds, le béton était humide.

Deux missirs tombèrent en même temps. Tim fut projeté à terre. Il heurta violemment le béton et le choc lui arracha un gémissement. L'espace d'un instant tout devint noir autour de lui, puis il se retrouva à genoux, tâtonnant pour se relever.

« Personne n'a de mal ? fit-il.

— Moi ça va », répondit Mary. Judy se mit à pleurnicher. Earl faisait le tour de la pièce à l'aveuglette.

« Moi aussi, dit Virginia. Enfin je crois. »

Les lumières clignotèrent puis faiblirent. Soudain, elles s'éteignirent tout à fait, plongeant la cave dans le noir complet.

« Aïe, fit Tim.

— J'ai ma lampe électrique », dit Earl. Il l'alluma. « Qu'est-ce que vous en dites ?

— Formidable », dit Tim.

De nouveaux missirs tombèrent. Le sol de la cave tressautait et ruait sous leurs pieds. L'onde de choc secouait la maison tout entière.

« On devrait s'allonger, proposa Mary.

— Oui. Allongeons-nous. » Tim se coucha gauchement. De petits morceaux de plâtre pleuvaient autour d'eux.

« Quand est-ce que ça va s'arrêter ? demanda Earl d'une voix inquiète.

— Bientôt, répondit Tim.

— Alors, c'est qu'on sera rentrés ?

— Oui. On sera rentrés. »

Le missile suivant tomba presque sur la maison. Tim sentit le béton s'enfler démesurément sous son corps, se sentit lui-même soulevé. Il ferma les yeux et se cramponna. L'ascension était interminable. Autour de lui, les poutres et les planches craquaient, le plâtre pleuvait. Il entendait un bruit de verre brisé et, plus loin, des flammes qui crépitaient.

« Tim. » La voix de Mary lui parvint, très assourdie.

« Je suis là.

— On ne... s'en sortira pas.

— Je n'en sais rien.

— Moi, je le sais.

— Rien n'est sûr. » Il gémit de douleur ; une planche venait d'atterrir sur son dos. D'autres vinrent l'ensevelir et le plâtre compléta leur ouvrage. La même odeur âcre parvint à ses narines ; l'air putride entrait par la fenêtre pulvérisée.

« Papa ! » La voix de Judy était assourdie elle aussi.

« Oui ?

— On ne rentre pas finalement ? »

Il ouvrait la bouche pour répondre mais un énorme coup de tonnerre lui coupa la parole. Il fut soufflé par l'explosion. Autour de lui tout bougeait. Un ouragan brûlant s'empara de lui et le malmena douloureusement, mais il s'accrocha de plus belle. Le souffle voulait l'entraîner, lui échauffait les mains et le visage.

Tim cria : « Mary... ! »

Puis le silence. Les ténèbres et le silence.

Alors il entendit des voitures.

Elles s'arrêtaient tout près. Il y avait aussi des voix, des bruits de pas, Tim remua, repoussa les planches qui l'ensevelissaient et se remit sur ses pieds.

« Mary. » Il regarda autour de lui. « On est rentrés. »

Le sous-sol n'était plus que décombres. Les murs à moitié effondrés n'étaient plus d'aplomb. De grands trous percés dans la façade laissaient voir un bout de pelouse de l'autre côté, ainsi qu'une allée cimentée, la petite roseraie. Et la maison voisine, avec son revêtement de stuc blanc.

Il vit des rangées de poteaux téléphoniques, des toits, des maisons… La ville telle qu'elle avait toujours été. Telle qu'il l'avait toujours vue le matin en se levant.

« On est rentrés ! » Une bouffée de joie sauvage l'envahit. Ils étaient revenus sains et saufs. C'était fini. Tim s'extirpa le plus vite possible des décombres. « Mary, ça va ?

— Je suis là. » Elle se redressa en position assise, répandant une pluie de plâtre. Sa peau, ses cheveux, ses vêtements, tout était blanc. Elle avait le visage constellé de coupures et d'écorchures. Sa robe était toute déchirée. « On est vraiment rentrés ?

— Monsieur McLean ! Vous êtes blessé ? »

Un policier en tenue sauta dans la cave, suivi de deux silhouettes en blanc. Dehors, les voisins inquiets s'attroupaient.

« Ça va », dit Tim. Il aida Judy et Virginia à se relever. « Je crois que tout le monde est sain et sauf.

— Que s'est-il passé ? » Le policier se fraya un passage jusqu'à eux en écartant des planches. « Une bombe ? Quelque chose comme ça ?

— La maison est entièrement détruire, dit un des infirmiers. Vous êtes sûr que personne n'a rien ?

— On était ici. Au sous-sol.

— Ça va, Tim ? » lança Mrs. Hendricks en descendant avec précaution.

« Qu'est-ce qui s'est passé ? » cria Frank Foley. Il sauta et quelque chose craqua sous ses pieds. « Bon Dieu, Tim ! Mais qu'est-ce que vous fabriquiez ? »

Les deux infirmiers furetaient dans les décombres d'un air soupçonneux. « Vous avez de la chance, monsieur. Une sacrée chance. En haut, il ne reste rien. »

Foley s'approcha de Tim. « Bon sang, mon vieux ! Je t'avais bien dit de le faire examiner, ce cumulus !

— Quoi ? marmonna Tim.

— Le cumulus ! Je t'avais dit que l'interrupteur marchait mal. Il a dû continuer de chauffer, sans s'éteindre automatiquement... » Foley lui adressa un clin d'œil. « Mais je ne dirai rien, Tim. Pour l'assurance. Tu peux compter sur moi. »

Tim ouvrit la bouche, mais les mots ne vinrent pas. Que dire ?.... Non, ce n'était pas un cumulus défectueux, un court-circuit dans la cuisinière, ni une fuite de gaz, ni une chaudière restée branchée, ni un autocuiseur resté sur le feu.

C'était la guerre. La guerre totale. Et pas simplement pour moi, ma famille, ma maison. Mais pour la vôtre aussi. La vôtre, la leur, toutes les maisons. Ici, mais aussi dans les autres quartiers, les autres villes, tous les autres États, le pays, le continent entier. Toute la planète serait bientôt dans le même état, complètement en ruines. Noyée dans le brouillard, couverte de mauvaises herbes poisseuses poussant entre les entassements de scories oxydées. La guerre pour tous. Tout le monde serait entassé dans les sous-sols, blême, terrifié, avec un vague pressentiment de catastrophe absolue.

Et quand cela arriverait, quand cinq ans auraient passé, il n'y aurait pas d'échappatoire. Pas de retour vers le passé, aucun moyen de fuir. Quand ça leur tomberait dessus, ils seraient pris au piège pour de bon ; nul ne s'en sortirait comme lui en se dégageant des décombres.

Mary le regardait, ainsi que le policier, les voisins, les infirmiers en blanc. Tout le monde attendait qu'il s'explique. Qu'il dise ce qui s'était passé.

« C'est le cumulus ? demanda timidement Mrs. Hendricks. C'est ça, hein, Tim ? Ces choses-là arrivent. On ne peut jamais être sûr…

— Il était peut-être de fabrication artisanale, suggéra un voisin pour essayer maladroitement de détendre l'atmosphère. Vous l'aviez fait vous-même ? »

Il ne pouvait pas leur dire. Ils ne comprendraient pas, parce qu'ils ne voulaient pas comprendre. Ils ne voudraient rien savoir. Ils avaient besoin qu'on les rassure. Il le lisait dans leurs yeux. Une peur pitoyable, pathétique. Ils pressentaient quelque chose d'épouvantable, et ils avaient peur. Ils le dévisageaient, le suppliant de venir à leur secours avec des paroles réconfortantes. Des mots qui banniraient la peur.

« Oui, dit Tim d'une voix accablée. C'est le cumulus.

— C'est bien ce que je pensais ! » lâcha Frank Foley. Une vague de soulagement parcourut l'assemblée. On entendit des murmures, de petits rires mal assurés. On échangeait des hochements de tête et de pâles sourires.

« J'aurais dû le faire réparer, reprit Tim. Depuis longtemps. Avant qu'il soit en si mauvais état. » Il parcourut du regard le cercle anxieux suspendu à ses lèvres. « J'aurais dû le faire vérifier. Avant qu'il ne soit trop tard. »

Une petite ville

L'air abattu, Verne Haskel monta les marches du perron, son pardessus traînant par terre derrière lui. Il était épuisé. Épuisé et découragé. Et ses pieds lui faisaient mal.

« Tiens ! s'exclama Madge comme il refermait la porte et enlevait manteau et chapeau. Tu rentres déjà ? »

Haskel laissa tomber son porte-documents et entreprit de défaire ses lacets. Il avait les épaules voûtées, la tête basse, les traits tirés et le teint grisâtre.

« Eh bien, dis quelque chose !

— Le dîner est prêt ?

— Non, le dîner n'est pas prêt. Qu'est-ce qui ne va pas cette fois ? Une nouvelle algarade avec Larson ? »

Haskel alla d'un pas lourd à la cuisine se confectionner un mélange de bicarbonate de soude et d'eau tiède. « Partons d'ici, dit-il enfin.

— Tu veux dire, déménager ?

— Oui, quittons Woodland. Allons à San Francisco, n'importe où. » Haskel avala son médicament ; ainsi affalé, sans force, contre l'évier tout propre, il paraissait bien plus que ses quarante ans. « Je ne me sens pas bien du tout. Je ferais peut-être mieux d'aller revoir le Dr. Barnes. Ah, comme j'aimerais qu'on soit vendredi, pour être un peu tranquille demain !

— Que veux-tu manger ce soir ?

— Rien. Je ne sais pas. » Haskel secoua la tête avec lassitude. « Ça m'est égal. » Il se laissa tomber sur une chaise à la table de la cuisine. « Tout ce que je veux, c'est me reposer. Tu n'as qu'à ouvrir une boîte de ragoût. Ou de porc aux flageolets. Qu'importe.

— Je te propose d'aller chez *Don's.* Le lundi, ils ont de l'aloyau.

— Non, j'ai assez vu de visages humains pour aujourd'hui.

— Je suppose que tu es trop fatigué pour me conduire chez Helen Grant ?

— La voiture est au garage. En panne, une fois de plus.

— Si tu en prenais mieux soin…

— Que veux-tu que je fasse ? Que je la mette sous cellophane ?

— Je te défends de me parler sur ce ton, Verne Haskel ! » Madge était rouge de colère. « Tu veux être obligé de préparer toi-même ton repas ? »

Haskel se leva péniblement et se traîna vers la porte de la cave. « À plus tard.

— Où vas-tu ?

— Je descends.

— Bon sang ! s'écria sauvagement Madge. Encore ces trains ! Ces jouets ! Comment un homme de ton âge peut-il... »

Mais Haskel ne répondit rien. Il était déjà dans l'escalier à tâtonner dans l'obscurité pour trouver le commutateur.

Le sous-sol était frais et humide. Haskel décrocha sa casquette de mécanicien et la coiffa. Un enthousiasme nouveau accompagné d'un regain d'énergie s'empara de lui malgré sa fatigue. Il s'approcha impatiemment d'une grande table en contreplaqué.

Il y avait des voies de chemin de fer partout dans la pièce. Par terre, sous la benne à charbon, entre les tuyaux de la chaudière. Les voies convergeaient vers la table, où elles accédaient par l'intermédiaire de montées au degré d'élévation soigneusement calculé. La table proprement dite était jonchée de transformateurs, de signaux, d'aiguillages, tout un ensemble de dispositifs reliés par une forêt de fils. Et puis...

Et puis il y avait la ville.

Un modèle réduit de Woodland, scrupuleusement reproduite jusqu'au dernier arbre, la dernière maison, en passant par les boutiques, les immeubles, la moindre bouche d'incendie.

Une ville miniature parfaitement exacte et ordonnée qui représentait des années de travail soigné puisque, aussi loin qu'il se souvînt, il s'y était toujours consacré. Déjà quand il était enfant, aussitôt rentré de l'école, il maniait les outils et la colle.

Haskel mit en marche le transformateur principal. Tout le long de la voie, des feux s'allumèrent. Il donna ensuite du courant à la grosse locomotive Lionel, avec ses wagons de marchandises, et l'engin démarra sans heurts en glissant sur les rails ; puis il prit de la vitesse et se mua en un noir projectile de métal. Comme chaque fois, Verne retint son souffle. Il actionna un aiguillage et la locomotive descendit une portion de rails en pente avant de disparaître dans un tunnel et de quitter la table pour filer sous l'établi.

C'étaient ses trains, sa ville. Haskel se pencha sur les maisons et les rues en réduction, le cœur gonflé de fierté. C'était *lui* qui avait construit tout cela, la ville entière, de ses propres mains, centimètre par centimètre, et toujours en recherchant la perfection absolue. Il effleura le coin de *Fred's*, l'épicier. Pas un détail n'y manquait. Les vitrines, les rayons, les affichettes, les comptoirs... tout y était. Et l'*Hôtel du Centre* ! Il en caressa le toit plat. Par une fenêtre, il voyait les canapés et les fauteuils du hall. Il y avait aussi *Green's*, le drugstore, avec ses présentoirs de pansements pour cors et ses tourniquets chargés de magazines. Puis le garage automobile *Frazier, pièces et main-d'œuvre*, le restaurant *Mexico City*, et encore *Sharpstein, Habillement*, ou *Chez Bob, Vins et spiritueux*, et l'*As*, la salle de billard...

La totalité de la ville. Il la caressa amoureusement des deux mains. Il l'avait construite. Elle était à lui.

Le train ressortit comme une flèche de sous l'établi. Ses roues passèrent sur un aiguillage automatique et un pont à bascule s'abaissa docilement. Le train le traversa rapidement, suivi de ses wagons.

Haskel augmenta la puissance et le train prit encore de la vitesse. Un coup de sifflet strident et il amorça un virage serré à la sortie duquel il coupa en grinçant une voie transversale. Toujours plus vite ! Brusques, les mains de Haskel poussèrent à fond le levier de commande. Le train bondit en avant. Il négocia un nouveau virage en tanguant et tressautant. Le transformateur était maintenant à sa puissance maximale. Le train franchissait ponts et aiguillages à une allure telle qu'on ne distinguait plus ses éléments les uns des autres. Il s'engagea bientôt sous les gros tuyaux de la chaudière et disparut dans la benne à charbon avant de ressortir presque aussitôt de l'autre côté en se balançant follement.

Haskel le ralentit. Il haletait, la poitrine lui

faisait mal. Il alla s'asseoir sur le tabouret de l'établi et alluma une cigarette d'une main tremblante.

Ce train et cette ville miniature lui procuraient une sensation étrange. C'était difficile à définir. Il avait toujours aimé les trains, les petites locomotives, les signaux lumineux, les gares, les tunnels. Depuis qu'à l'âge de six ou sept ans, il avait reçu son premier train. C'était son père qui le lui avait offert. Ce n'était qu'une locomotive unique qu'il fallait remonter manuellement, avec quelques rails. À neuf ans, il avait eu son premier vrai train électrique. À deux aiguillages.

Il l'avait progressivement agrandi au fil des ans, en ajoutant des rails, des locomotives, des aiguillages, des wagons, des signaux. Ainsi que des transformateurs plus puissants. Puis une ville avait commencé à se former autour.

Il l'avait construite avec beaucoup de soin, petit à petit. Tout d'abord était apparu, alors qu'il était encore au collège, un modèle réduit du dépôt de la *Southern Pacific*. Puis la station de taxi d'à côté, le café où les chauffeurs déjeunaient, la grand-rue… Et ainsi de suite. De plus en plus de maisons, d'immeubles, de magasins. C'était une ville complète qui poussait sous ses mains. Tous les après-midi après l'école, il se remettait à coller, découper, peindre et scier.

Aujourd'hui, elle était pratiquement terminée. Il ne manquait plus grand-chose. À quarante-trois ans, il était sur le point d'apporter la touche finale à sa ville.

Haskel fit le tour de la grande table en contreplaqué, en tendant respectueusement les paumes au-dessus de son œuvre, effleurant un minuscule magasin par-ci, un fleuriste par-là... Le théâtre municipal. L'agence des télécommunications. *Larson's, Pompes et valves en tout genre.*

Oui, même son propre lieu de travail. L'entreprise qui l'employait. Miniaturisée dans les moindres détails.

Haskel fronça les sourcils. Jim Larson... Vingt ans qu'il trimait chez lui, et pour quel résultat ? Pour voir les autres lui passer devant. Des jeunes. Les chouchous du patron. Des types serviles toujours d'accord avec Larson qui arboraient des cravates aux couleurs vives, des pantalons à pli bien marqué et de grands sourires idiots.

La haine et la détresse s'enflèrent en lui. Toute sa vie la ville de Woodland n'avait fait que l'exploiter. Il n'y avait jamais été heureux. Elle avait toujours été contre lui. Déjà Miss Murphy, au lycée... Sans parler des amicales d'étudiants, plus tard, à l'université. Puis les employés dans les grands magasins où on se donnait de grands airs, les voisins, les agents de police, les facteurs, les conducteurs d'autobus, les livreurs. Même sa femme. Oui, même Madge.

Il ne s'était jamais vraiment intégré ici, dans cette petite banlieue de San Francisco aisée, coûteuse, au fond de la péninsule, passé la ceinture de brume. Woodland sentait trop sa bourgeoisie cossue. Elle comptait trop de grosses villas avec pelouses impeccables, voitures pleines de chromes et chaises longues dans les jardins. Trop policée, trop bien tenue. Il en avait toujours été ainsi. Aussi loin que remonte sa mémoire. Oui, déjà à l'école. Puis au travail...

Larson. Vingt années de labeur dans les Pompes et valves en tout genre.

Les doigts de Haskel se refermèrent sur la toute petite bâtisse, modèle réduit de l'entreprise. Dans un accès de rage, il l'arracha au support et la jeta par terre avant de l'écraser à coups de talons jusqu'à réduire en bouillie le délicat assemblage de verre, de métal et de carton qui la composait.

Bon sang, il en tremblait de tous ses membres ! Le cœur battant, il contempla les conséquences de son geste. De curieuses émotions, d'étranges sentiments lui venaient. Des pensées qu'il n'avait encore jamais eues. Longtemps il observa le petit tas écrasé, près de son tuyau d'arrosage. Les ruines de ce qui avait été le modèle réduit de *Larson's*.

Subitement il s'écarta et, comme en transe, regagna son établi devant lequel il se rassit avec raideur. Puis il attira à lui ses outils et ses matériaux et mit en marche la perceuse.

En quelques minutes, ses doigts agiles, experts, avaient formé un nouveau modèle réduit qu'il peignit et colla en assemblant soigneusement les différents petits éléments. Pour finir, il libella une minuscule enseigne et figura une pelouse au moyen d'une tache de peinture verte.

Cela fait, il transporta avec précaution la miniature sur la table et la fixa à son emplacement exact. L'endroit où s'était trouvée jusqu'alors l'entreprise *Larson's*. Le bâtiment neuf dont la peinture était encore toute fraîche brillait sous l'ampoule du plafonnier.

FUNÉRARIUM

Haskel se frotta les mains, béat de satisfaction. Plus de *Larson's*. Détruit. Oblitéré. Rayé de la carte. Sous ses yeux s'étendait une Woodland sans Pompes et valves en tout genre. À sa place, un funérarium.

Ses yeux brillaient. Ses lèvres tressaillaient sous l'effet du défoulement. Il s'en était débarrassé ! Un simple et bref mouvement de colère avait suffi : en une seconde tout était réglé, et avec quelle facilité !

Comment n'y avait-il pas pensé plus tôt ?

Un grand verre de bière fraîche à la main, Madge Haskel déclara : « Verne ne va pas bien. Ça m'a particulièrement sauté aux yeux hier soir, quand il est rentré du travail. »

Le Dr Paul Tyler eut un grognement distrait. « Fortes tendances névrotiques. Complexe d'in-

fériorité, attitude de retrait psychique, intro-
version.

— Mais cela va de mal en pis. Lui et ses mau-
dits petits trains ! Bon sang, Paul ! Tu te rends
compte qu'il y a une ville entière chez nous, en
bas, dans la cave ? »

Cela éveilla la curiosité de Tyler. « Ah ? Je ne
savais pas.

— Depuis que je le connais, il passe son temps
au sous-sol. Cela dure depuis son enfance. Un
adulte qui joue au train, tu t'imagines un peu !
C'est... écœurant. Tous les soirs c'est la même
chose.

— Intéressant. » Tyler se frotta le menton. « Il y
joue tous les soirs, selon un rituel immuable ?

— Tous les soirs. Hier, il n'a même pas dîné.
Il est descendu directement dès son retour. »

Sur les traits habituellement lisses de Paul
Tyler apparut un froncement de sourcils. Face
à lui, Madge buvait sa bière, tout alanguie. Il était
deux heures de l'après-midi. La journée était
chaude et ensoleillée, le salon agréable, avec
son atmosphère nonchalante et paisible.

Soudain, Tyler bondit sur ses pieds. « Allons
jeter un coup d'œil à ce train. Je ne savais pas que
cela allait aussi loin.

— Tu y tiens vraiment ? » Madge releva la manche de son pyjama d'intérieur en soie verte pour
consulter sa montre. « Il ne sera pas là avant

cinq heures. » Elle reposa son verre et se mit debout à son tour. « D'accord, on a le temps.

— Bien. Descendons. »

Tyler prit Madge par le bras et ils descendirent rapidement à la cave, subitement tout excités. Elle alluma la lumière et ils s'approchèrent de la table en gloussant nerveusement, tels des enfants désobéissants.

« Tu vois ? fit Madge en serrant le bras de Tyler. Regarde ça. C'est le travail de toute une vie ! »

Tyler acquiesça lentement. « C'est sûr, répondit-il d'un ton impressionné. Je n'ai jamais rien vu de pareil. Que de détails ! C'est qu'il a du talent !

— Oui, Verne sait se servir de ses mains. » Madge indiqua l'établi. « Il achète constamment de nouveaux outils. »

Tyler fit lentement le tour de la grande table en se penchant de temps à autre pour mieux voir. « Stupéfiant. Il ne manque pas un immeuble. La ville entière est là. Regarde ! Voici où j'habite. » Il montra une luxueuse résidence, à quelques rues de chez les Haskel.

« Je suis sûre qu'il ne manque rien, ajouta Madge. Quand je pense qu'à son âge, il joue encore au train électrique !

— La sensation de puissance. » Tyler poussa une locomotive sur une voie. « C'est cela qui plaît aux garçons dans le train électrique. Les trains sont des engins puissants et bruyants. Des symboles phalliques. Quand l'enfant voit de vrais trains foncer sur de vraies voies, leur taille et leur violence impersonnelle l'effraient. Alors il demande un train électrique. Un modèle réduit, comme celui-ci, auquel il puisse commander. Qu'il puisse faire démarrer, stopper, ralentir, accélérer. Pour avoir la maîtrise totale d'un objet qui réponde à sa volonté. »

Madge frissonna. « Remontons ; là-haut il fait plus chaud. Je commence à geler ici.

— Mais à mesure qu'il grandit, l'enfant devient plus fort, plus puissant ; il peut alors oublier le modèle réduit-symbole pour maîtriser l'objet réel, le vrai train. Se doter d'une réelle emprise, d'une maîtrise valide sur son environnement. » Tyler secoua la tête. « Il ne se contente plus de ce genre de substitut. Il est inhabituel, pour un adulte, d'aller aussi loin dans le fantasme. » Tout à coup, il fronça les sourcils. « Je n'avais jamais remarqué de funérarium dans State Street.

— Un funérarium ?

— Et cette boutique, là : *Steuben, Animalerie*. À côté du réparateur de radios. Il n'y a pas d'animalerie à cet endroit-là. » Tyler se creusa la tête. « Voyons, qu'y a-t-il à la place ? Après le magasin de radios ?

— *Les Fourrures de Paris*. » Madge replia les bras autour d'elle. « Brrr. Allez viens, Paul. Remontons avant que je sois transformée en bloc de glace.

— D'accord, petite nature », fit Paul en riant. Il se dirigea vers l'escalier, le front toujours barré d'un pli soucieux. « Je me demande pourquoi ces modifications. *Steuben…* Jamais entendu parler. Il doit connaître la ville par cœur, pourtant. Y mettre un magasin qui n'existe pas… » Il éteignit la lumière. « Et ce funérarium… Qu'est-ce qu'il y a normalement à la place ? Est-ce que ce ne serait pas… ?

— Laisse tomber, lança Madge depuis le haut de l'escalier. Tu es presque aussi atteint que lui. Les hommes sont tous des enfants. »

Tyler ne répondit pas. Il était plongé dans ses pensées. Sa belle assurance un peu suave avait disparu ; il semblait inquiet, ébranlé.

Madge baissa les stores vénitiens et le salon se retrouva plongé dans une pénombre ambrée. Elle se laissa tomber sur le divan et attira Tyler auprès d'elle. « Arrête de faire cette tête, ordonna-t-elle. Je ne t'ai jamais vu comme ça. » Ses bras fins se nouèrent autour du cou de Paul et elle approcha ses lèvres de son oreille. « Je ne t'aurais pas laissé entrer si j'avais su que tu passerais ton temps à t'en faire pour *lui*. »

Tyler grogna, visiblement préoccupé. « Pourquoi m'as-tu fait entrer, alors ? »

Madge le serra plus fort. Son pyjama en soie

émit un froufrou tandis qu'elle se blottissait contre lui. « Que tu es bête », murmura-t-elle.

Le grand rouquin qu'était Jim Larson en resta bouche bée. « Que voulez-vous dire ? Quelle mouche vous pique ?

— Je démissionne ! » Haskel enfourna le contenu de ses tiroirs dans sa mallette. « Envoyez-moi mon chèque chez moi.

— Mais...

— Ôtez-vous de mon chemin ! »

Verne Haskel écarta son patron et sortit dans le couloir. Larson était pétrifié d'étonnement. Quant à Haskel, il arborait un visage sans expression. Des yeux vitreux. Une allure générale rigide que Larson ne lui avait encore jamais vue.

« Vous... vous êtes sûr que ça va ? s'enquit ce dernier.

— Mais oui, ça va. » Haskel franchit l'entrée principale. La porte se referma en claquant. « Ça va même *très* bien », murmura-t-il tout seul.

On était en fin d'après-midi. Il se fraya un chemin à travers la foule des gens qui faisaient leurs courses, les lèvres agitées de tics nerveux. « Ça oui, on peut le dire, continuait-il à marmotter.

— Attention où vous allez », lança un ouvrier au regard menaçant que Haskel avait bousculé au passage.

« Pardon. » Haskel poursuivit sa route en serrant bien fort la poignée de sa mallette. Au sommet de la rue en pente, il s'arrêta un moment pour reprendre haleine. Derrière lui, il pouvait encore voir *Larson's, Pompes et valves en tout genre*. Il laissa échapper un rire strident. Vingt ans effacés en une seconde. Terminé. Plus de Larson. Plus de travail monotone grignotant ses jours sans aucune perspective d'avenir, de promotion. Rien que la routine et l'ennui, mois après mois. Oui, tout cela était bien fini. Une nouvelle vie commençait ! Il allait prendre un nouveau départ.

Il pressa le pas. Le soleil se couchait. Les voitures défilaient sans interruption — des hommes d'affaires rentrant chez eux après le travail. Le lendemain ils y retourneraient... mais pas lui. Plus jamais.

Il s'engagea dans sa rue. Il passa d'abord devant chez Ed Tildon — une maison de dimensions imposantes, tout en béton et en verre — et le chien se rua sur la clôture en aboyant. Haskel se hâta de passer son chemin. Le chien de Tildon ! Il se mit à rire méchamment. « Tu n'as pas intérêt à m'approcher ! » lui cria-t-il.

Il atteignit enfin sa propre demeure, gravit quatre à quatre les marches du perron et ouvrit la porte à la volée. Le salon était obscur et silencieux, mais il y eut bientôt un branle-bas de combat, et deux silhouettes se dépêtrèrent avant de se lever promptement du divan.

« Verne ! s'étrangla Madge. Comment se fait-il que tu rentres si tôt ? »

Haskel jeta sa mallette par terre et posa veste et chapeau sur une chaise. Sous le coup de l'émotion, son visage prématurément ridé se convulsait comme si de violentes forces le déformaient de l'intérieur.

« Mon Dieu, mais qu'y a-t-il ? » s'écria Madge. Elle le rejoignit précipitamment tout en lissant son pyjama d'intérieur. « Il est arrivé quelque chose ? Je ne t'attendais pas si... » Elle s'interrompit et rougit. « Je veux dire... »

Paul Tyler s'avança sans hâte. « Salut, Verne, fit-il tout bas, légèrement embarrassé. J'étais passé dire bonjour et rendre un livre à votre femme. »

Haskel eut un hochement de tête un peu sec. « B'soir. » Il se détourna et gagna la porte de la cave sans plus leur prêter attention. « Je vais en bas.

— Mais Verne ! protesta Madge. Qu'est-il arrivé ? »

Il s'arrêta un instant devant la porte. « J'ai démissionné.

— *Quoi ?*

— Oui. Et je me suis débarrassé de Larson. On n'en entendra plus parler. » La porte claqua.

« Mon Dieu ! hurla Madge en s'agrippant à Tyler avec une énergie hystérique. Il a perdu la tête ! »

Arrivé à la cave, Verne Haskel alluma la lumière d'un geste impatient, mit sa casquette de mécanicien et attira son tabouret vers le grand rectangle en contreplaqué.

À qui le tour ?

Les *Meubles Morris*. Ce grand magasin de luxe dont les employés le regardaient de haut.

Il se frotta joyeusement les mains. Fini, ces snobinards qui haussaient un sourcil méprisant en le voyant entrer, avec leurs coiffures stylées, leurs nœuds papillons et leurs pochettes. Il enleva le modèle réduit des *Meubles Morris* et le démembra fiévreusement, en toute hâte. Maintenant qu'il avait entamé le processus, il ne perdait plus de temps. Un moment plus tard, il collait deux petits bâtiments à la place : *Ritz, Cireur* et *Pete, Bowling*.

Haskel gloussa de plaisir. De bien dignes successeurs pour ce magasin si snob, si coûteux. Un petit cireur et un bowling. Exactement ce que méritaient ces gens !

Ah, et la *Banque d'État de Californie...* Il l'avait toujours détestée. On lui avait refusé un prêt, un jour. Il arracha la banque.

Et la fastueuse demeure d'Ed Tildon ! Avec le sale cabot qui l'avait mordu à la cheville, un après-midi. Il en arracha le modèle réduit. La tête lui tournait. Il était tout-puissant.

Harrison, Appareils électriques. Ils lui avaient vendu une radio de mauvaise qualité. Adieu donc, *Harrison* !

Et *Joe's*, le marchand de tabac où on lui avait refilé une fausse pièce de monnaie en mai 1949. Plus de *Joe's* !

La fabrique d'encre. Il abominait l'odeur de l'encre. Pourquoi pas une boulangerie industrielle à la place ? Il adorait l'arôme du pain en train de cuire. Et hop, plus de fabrique !

Elm Street était mal éclairée le soir. Deux fois, il avait failli s'y casser la figure. Quelques lampadaires supplémentaires seraient les bienvenus !

Pas assez de bars dans la grand-rue. Trop de boutiques de mode, de chapeliers et de fourreurs hors de prix. Il en arracha toute une poignée et les posa sur l'établi.

La porte s'ouvrit lentement en haut de l'escalier. Madge jeta un regard, pâle et effrayée. « Verne ? »

Il la regarda avec un froncement de sourcils impatient. « Qu'est-ce que tu veux ? »

Elle descendit les marches en hésitant. Le Dr Tyler suivait, onctueux et plein de distinction dans son costume gris. « Verne... tout va bien ?

— Mais oui.

— Avez-vous... vraiment démissionné ? »

Haskel acquiesça et entreprit de démonter la fabrique d'encre sans se préoccuper d'eux.

« Mais *pourquoi* ? »

Haskel grogna impatiemment : « Pas le temps. »

Tyler semblait de plus en plus inquiet. « Dois-je comprendre que vous êtes trop occupé pour aller travailler ?

— Tout juste. »

Tyler éleva la voix. « Mais trop occupé à *quoi* ? » Il tremblait de nervosité. « À travailler ici, sur votre ville ? À altérer la réalité ?

— Allez-vous-en », murmura Haskel.

Ses mains habiles assemblaient amoureusement une jolie petite boulangerie industrielle, *Langendorf*, qu'il peignit en blanc avant de lui dessiner en gris une allée gravillonnée et une haie de buissons sur le devant. Puis il passa au jardin public, qui serait de belle taille et tout verdoyant. Woodland avait toujours manqué d'un jardin public. Il prendrait la place du *State Street Hotel.*

Tyler attira Madge à l'écart de la table. « Bon Dieu ! » Il alluma une cigarette en tremblant. Elle lui échappa et alla rouler dans un coin de la cave. Il la laissa où elle était et en chercha une autre dans son paquet. « Tu vois ? Tu comprends ce qu'il est en train de faire ? »

Madge secoua la tête, puis répondit ; « Non, quoi ? Je ne…

— Depuis combien de temps travaille-t-il à cette maquette ? Depuis toujours ? »

Madge acquiesça, livide. « Oui, c'est ça. »

Les traits de Tyler se convulsèrent. « Mon Dieu, Madge. Il y a de quoi devenir cinglé. J'ai peine à y croire. Il faut faire quelque chose.

— Que se passe-t-il ? gémit Madge. Que veux-tu...

— Il se perd de plus en plus dans son fantasme. »

Le visage de Tyler exprimait toute son incrédulité.

« Il est toujours venu ici. » La voix de Madge se brisa. « Ce n'est pas nouveau. Il a toujours désiré se tenir à l'écart du monde.

— À l'écart... » Tyler frissonna, serra les poings et reprit ses esprits. Puis il retourna auprès de Verne Haskel.

« Qu'est-ce que vous voulez encore ? » murmura celui-ci lorsqu'il remarqua sa présence.

Tyler s'humecta les lèvres. « Vous ajoutez des choses, n'est-ce pas ? De nouveaux bâtiments, par exemple ? »

Haskel hocha la tête.

Tyler toucha la petite boulangerie du bout d'un doigt tremblant. « Qu'est-ce que c'est que ça ? Où ça va ? » Il se déplaça autour de la table. « Je ne me rappelle pas avoir jamais vu de boulangerie industrielle à Woodland. » Il virevolta. « Vous n'essaieriez pas *d'améliorer* la ville, par hasard ? De la retoucher ici et là ?

— Fichez-moi le camp, répondit Haskel d'une voix menaçante à force d'être calme. Tous les deux !

— Verne ! piaula Madge.

— J'ai beaucoup à faire. Tu n'auras qu'à me descendre des sandwiches vers onze heures. J'espère finir cette nuit.

— Finir quoi ? demanda Tyler.

— Finir, répondit simplement Tyler en se remettant à son œuvre.

— Viens, Madge. » Tyler la saisit par le bras et l'entraîna vers l'escalier. « Sortons d'ici. » Il passa devant elle en ne se retournant que pour lui dire de se presser. Dès qu'ils furent tous les deux dans le vestibule, il referma soigneusement la porte derrière eux.

Madge se tamponna les yeux et s'écria. « Il est devenu fou, Paul ! Qu'allons-nous faire ? »

Il médita un instant. « Calme-toi. Il faut que je réfléchisse. » Il se mit à faire les cent pas, l'air concentré. « À l'allure où il va, il n'y en a plus pour longtemps. C'est certainement pour cette nuit.

— Mais de quoi parles-tu ?

— Il se réfugie de plus en plus dans le fantasme. Dans ce monde de substitution où il a les pleins pouvoirs.

— Que faire pour le sauver ?

— Le sauver ? » Tyler eut un petit sourire. « Y tenons-nous vraiment ? »

Madge s'étrangla. « Mais enfin, on ne peut tout de même pas…

— Cela résoudrait peut-être notre problème. Et si c'était l'occasion que nous attendions ? »

Tyler lança un regard songeur à Mrs. Haskel.
« Après tout, pourquoi pas ?... »

Ce fut bien après minuit, vers deux heures
du matin, qu'il entreprit d'apporter la touche
finale. Il était las mais son esprit restait vif. Tout
se passait très vite. Le travail était presque terminé.

Pratiquement parfait.

Il s'interrompit un moment pour examiner
son œuvre. La ville avait radicalement changé.
Vers dix heures, il avait entrepris les transfor-
mations structurelles de base dans la disposition
des rues, puis supprimé la majeure partie des
édifices publics, le palais de justice et le quartier des affaires qui s'étendait tout autour, de
plus en plus loin. À leur place s'élevaient maintenant une nouvelle mairie, un commissariat de
police et un immense jardin avec des fontaines
et des projecteurs dissimulés dans les arbres.
Les bas quartiers avaient été rasés, ainsi que les
maisons et boutiques délabrées, les rues mal
entretenues. Partout on voyait à présent de belles avenues correctement éclairées, bordées de
maisonnettes bien propres. Les magasins y étaient
modernes et plaisants quoique sans ostentation.

Tous les panneaux publicitaires avaient disparu ainsi que la plupart des pompes à essence,
sans parler de la grande zone industrielle, rem-

placée par une succession de riantes collines, de forêts et de prairies.

Le quartier riche avait lui aussi subi de profondes altérations. Il ne restait plus que quelques belles villas... celles qui appartenaient aux gens que Haskel voyait d'un bon œil. Les autres avaient été ramenées à de plus justes proportions et transformées en trois-pièces identiques, sans étage, avec chacune son garage à une place.

La mairie avait troqué ses façades rococo tarabiscotées contre une structure basse et simple imitée du Parthénon, un de ses monuments préférés.

Quant à la dizaine de personnes qui lui avaient sérieusement nui dans la vie, il avait considérablement modifié leur domicile pour en faire des HLM miteux datant de la guerre, avec six appartements par bâtiment, situés tout au bout de la ville, là où le vent venu de la Baie charriait des relents de marécages.

La maison de Jim Larson, elle, avait entièrement disparu. Il avait complètement supprimé Larson. Il n'existait plus dans cette nouvelle Woodland — désormais presque terminée.

Presque. Haskel étudia attentivement la maquette. Tous les changements devaient être apportés *maintenant*. Sans délai. Au moment de la création. Ensuite, quand ce serait fini, il ne pourrait plus rien changer. Il ne devait pas en oublier un seul, sinon, il serait trop tard.

La nouvelle Woodland avait fière allure. Propre, nette, simple. Les quartiers riches y étaient moins ostentatoires, les pauvres mieux lotis. Les publicités tonitruantes, les panneaux et les étalages criards en avaient été éradiqués. La communauté affairiste était plus modeste, des espaces verts remplaçaient les usines. La mairie était très jolie. Il ajouta deux terrains de jeux pour jeunes enfants, et un petit cinéma à la place du grand complexe, avec son néon clignotant. Après réflexion, il enleva presque tous les bars qu'il avait ajoutés plus tôt. La nouvelle Woodland serait le royaume de la morale. Une morale très stricte. Peu de débits de boissons, pas de salles de billard, encore moins de quartiers chauds. Mais une prison ultramoderne pour les indésirables.

La tâche la plus délicate avait été l'inscription microscopique sur la porte du bureau principal de la mairie. Il l'avait gardée pour la fin, traçant alors chaque lettre avec un soin infini.

VERNON R. HASKEL, MAIRE

Quelques changements de dernière minute. Il attribua aux Edward une Plymouth 1939 à la place de leur nouvelle Cadillac, ajouta des arbres au centre-ville, créa une caserne de pompiers supplémentaire, supprima une boutique de vêtements... Quant aux taxis, il ne les avait jamais aimés : pris d'une soudaine impulsion, il remplaça la station de taxis par un fleuriste.

Haskel se frotta les mains. Quoi d'autre ? La ville était-elle complète, maintenant ? Oui, c'était parfait. Il en examina attentivement le moindre détail. Qu'avait-il pu oublier ?

Le lycée ! Il l'enleva et, à sa place, en mit deux plus petits, un à chaque extrémité de la ville. Puis vint le tour d'un nouvel hôpital, ce qui prit encore une demi-heure. Il commençait à se fatiguer. Ses mains perdaient de leur agilité. Il s'épongea le front d'une main mal assurée. Que restait-il ? Il s'affala sur son tabouret, épuisé, pour se reposer et réfléchir.

Ça y était. Il n'y avait plus rien à ajouter. Son cœur s'enfla de joie. Un cri de bonheur lui échappa. Il était enfin arrivé au bout de sa tâche !

« Terminé ! » hurla Verne Haskel.

Il se leva en chancelant, ferma les yeux, ouvrit tout grands les bras et gagna la table en tendant des mains avides, le visage tout illuminé.

Au rez-de-chaussée, Tyler et Madge entendirent son exclamation, qui résonna comme une lointaine détonation et, telle une lame de fond, déferla dans toute la maison.

Madge en sursauta de peur. « Qu'est-ce que c'était ? »

Tyler prêta l'oreille et entendit Haskel bouger sous leurs pieds, dans la cave. Il écrasa aussitôt sa cigarette. « Je crois que ça y est. C'est arrivé plus tôt que je n'aurais cru.

— De quoi parles-tu ? Tu veux dire que... ? »

Tyler se leva. « Il est parti, Madge. Parti dans son autre monde, son monde à lui. Nous sommes enfin libres. »

Madge lui prit le bras. « Peut-être sommes-nous en train de commettre une erreur. C'est terrible ! On devrait peut-être tenter quelque chose, non ? Essayer de le… ramener ? »

Tyler eut un rire nerveux. « Et comment ? Je ne crois pas que ce soit encore possible. Même si nous le désirions, il est trop tard maintenant. » Il se dirigea prestement vers la porte du sous-sol. « Viens !

— C'est horrible. » Madge frémit et le suivit à contrecœur. « Si seulement on l'en avait empêché à temps ! »

Tyler fit un instant halte devant la porte. « Mais non, voyons ; il est plus heureux là où il est. Et toi aussi. Avant, tout le monde souffrait de la situation. Non, vraiment, tout est pour le mieux. »

Il ouvrit la porte, Madge sur ses talons, et tous deux descendirent l'escalier avec précaution pour s'enfoncer dans le silence et l'obscurité de la cave, rendue tout humide par les brumes du soir.

Ils n'y trouvèrent personne.

Tyler se détendit, submergé par une vague de soulagement ébahi. « Il est parti. Tout va bien. Tout a marché suivant mes prévisions. »

« Mais je ne comprends pas », répétait Madge d'un ton désespéré tandis que, dans le noir, la Buick de Tyler enfilait en ronronnant les rues désertes. « *Où* est-il allé ?

— Tu le sais très bien. Dans son univers de substitution, bien sûr. » Il prit un virage à la corde en faisant hurler les pneus. « La suite devrait être assez simple. Quelques formulaires de routine à remplir. Il ne reste plus grand-chose à faire à présent. »

La nuit était lugubre et glaciale. Pas une lumière ne brillait, hormis un réverbère de loin en loin. Au loin, un train émit sa plainte funèbre aux échos angoissants. Les maisons silencieuses défilaient à toute vitesse de part et d'autre des rues.

« Où allons-nous ? » demanda Madge qui, blottie contre la portière, ébranlée et livide de terreur, frissonnait malgré son manteau.

« Au commissariat de police.

— Pourquoi ?

— Pour signaler sa disparition, naturellement. Qu'on sache qu'il n'est plus là. Nous allons être obligés de patienter. Il faudra des années avant qu'il soit déclaré légalement mort. » Tyler lâcha brièvement le volant pour lui passer un bras réconfortant autour des épaules. « En attendant on se débrouillera, tu verras.

— Et si… on le retrouve ? »

Tyler secoua la tête avec colère. « Tu ne comprends donc pas ? On ne le retrouvera jamais, pour la bonne raison qu'il n'existe pas ! Du moins pas dans notre monde à nous. Désormais, c'est dans le sien qu'il habite. Tu l'as bien vu ! Dans cette maquette, ce monde-substitut qu'il a amélioré par rapport au monde réel.

— C'est là qu'il est ?

— Il a travaillé toute sa vie à ce projet. Il a construit sa ville idéale de toutes pièces. Il l'a peu à peu fait accéder à la réalité. Et maintenant il y a pris ses quartiers. C'est ce qu'il a toujours désiré. Il ne s'est pas contenté de rêver d'un monde imaginaire. Il l'a construit morceau par morceau. Et maintenant, il a tellement déformé son psychisme qu'il a plongé dans son monde comme dans une autre dimension. En sortant par là même de nos vies. »

Madge commençait enfin à comprendre. « Tu veux dire qu'il s'est *littéralement* perdu dans ce monde de substitution ? Tu es sérieux quand tu prétends qu'il s'y est enfui ?

— J'ai moi-même mis un moment à comprendre. La réalité est une construction de l'esprit, vois-tu. C'est lui qui lui fournit sa définition, son existence même. Nous évoluons dans une réalité "consensuelle", c'est-à-dire qui nous est commune à tous, comme si nous partagions le même rêve. Mais Verne lui a tourné le dos pour s'en créer une autre. Et il avait pour cela un talent extraordinaire, unique, qu'il a mis toute sa vie au service de son entreprise. C'est là qu'il se trouve à présent. »

Tout à coup, Tyler marqua une hésitation et se renfrogna en serrant plus fort le volant. Il accéléra. La Buick filait sans bruit dans les rues obscures de la ville déserte et morne. « Il y a juste un point qui me chiffonne, reprit-il bientôt. Une chose que je ne comprends pas.

— Quoi ?

— La maquette. Elle a disparu aussi. J'aurais cru qu'il... rétrécirait jusqu'à fusionner avec elle. Seulement, la petite ville elle-même n'est plus là... » Tyler haussa les épaules. « Ça n'a pas d'importance. » Il scruta les ténèbres devant lui. « Nous y sommes presque. Voici Elm Street. »

C'est alors que Madge poussa un cri : « *Regarde !* »

À droite s'élevait un petit immeuble propret doté d'une enseigne bien visible malgré l'obscurité :

FUNÉRARIUM

Madge sanglotait d'horreur. La voiture fit un bond en avant ; machinalement guidée par les mains engourdies de Tyler. Comme ils obliquaient vers le trottoir juste avant la mairie, ils dépassèrent une autre enseigne :

STEUBEN, ANIMALERIE

La mairie était éclairée par des projecteurs indirects. C'était maintenant un bâtiment bas d'un blanc lumineux, évoquant un temple grec tout en marbre.

Tyler arrêta la voiture. Puis il poussa un cri de terreur et redémarra brusquement. Mais il n'avait pas réagi assez vite.

Deux voitures de police d'un noir luisant vinrent sans bruit encadrer la Buick. Quatre agents à l'allure sévère avaient déjà la main sur les poignées de leurs portières. Ils descendirent de voiture et s'avancèrent lentement vers lui, leurs visages fermés n'exprimant que l'efficacité.

Là où il y a de l'hygiène...

Le monde allait sur les six heures du soir, la journée de travail était presque finie. Partout s'élevaient des essaims de disques de transport dont la masse s'enflait au-dessus de la zone industrielle pour se diriger vers les banlieues résidentielles. Leurs épaisses nuées assombrissaient le ciel vespéral comme autant d'insectes nocturnes. Silencieux, se jouant de la pesanteur, ils emportaient d'un bond leurs passagers vers leur foyer et la famille qui les y attendait, vers un repas chaud et vers leur lit.

Don Walsh était le troisième passager de son disque ; il complétait la charge. Tandis qu'il introduisait une pièce de monnaie dans la fente, le tapis se souleva impatiemment. Walsh s'installa avec soulagement contre le rail de sécurité invisible, et déplia le journal du soir. En face de lui, deux autres banlieusards faisaient de même.

L'AMENDEMENT HORNEY
PROVOQUE UNE ÉMEUTE

Walsh réfléchit à ce que signifiait le gros titre. Il abaissa son journal pour éviter les courants d'air qui circulaient en permanence, et lut attentivement la colonne suivante.

PARTICIPATION MASSIVE
PRÉVUE POUR LUNDI
LE MONDE ENTIER
SE REND AUX URNES

Au dos de l'unique page du journal, on pouvait lire le compte rendu du scandale du jour.

ELLE TUE SON MARI À L'ISSUE
D'UNE DISPUTE POLITIQUE

Et puis un titre qui lui fit curieusement froid dans le dos. Ce n'était pas la première fois, mais dans ce cas-là il ressentait toujours un malaise.

BOSTON : UN NATURALISTE LYNCHÉ
PAR UN GROUPE DE PURISTES
BRIS DE VITRINES —
IMPORTANTS DÉGÂTS MATÉRIELS

Et au-dessus de la colonne suivante :

CHICAGO : UN PURISTE LYNCHÉ
PAR UN GROUPE DE NATURALISTES
IMMEUBLES INCENDIÉS —
IMPORTANTS DÉGÂTS MATÉRIELS

En face de Walsh, un compagnon de voyage se mit à marmotter. C'était un homme de grande taille, corpulent, la cinquantaine, les cheveux roux et le visage boursouflé par la bière. Soudain, il froissa son journal en boule et le jeta dehors. « Ils ne la voteront pas ! s'écria-t-il. Ils ne s'en tireront pas comme ça ! »

Walsh plongea le nez dans son journal et essaya de toutes ses forces de ne pas tenir compte de cet éclat. Voilà que cela recommençait — ce qu'il redoutait à chaque instant. Un débat politique. L'autre voyageur avait abaissé son journal ; il jeta un bref regard au rouquin, puis reprit sa lecture.

Le premier homme prit Walsh à partie. « Vous l'avez signée, vous, la pétition de Butte ? » Il sortit de sa poche une tablette d'aluminium et la brandit sous le nez de Walsh. « N'ayez pas peur de mettre votre nom au service de la liberté. »

Walsh étreignit son journal et jeta un regard désespéré par-dessus le rebord du disque. En bas défilaient les unités résidentielles de Detroit ; il était presque arrivé chez lui. « Désolé, murmura-t-il. Merci, non, pas moi.

— Laissez-le donc tranquille, dit le deuxième voyageur à l'homme aux cheveux roux. Vous ne voyez pas qu'il n'a pas envie de signer ?

— Occupez-vous de vos affaires », rétorqua le rouquin. Il s'approcha de Walsh en tendant la tablette d'un air belliqueux. « Écoutez, l'ami. Vous savez ce que cela signifie pour vous et les vôtres si cette loi est votée ? Vous croyez que vous serez en sécurité ? Réveillez-vous, l'ami. Accepter l'amendement Horney, c'est abdiquer toutes les libertés. »

Le deuxième voyageur replia lentement son journal. C'était un cosmopolite aux cheveux gris, mince et élégant. Il ôta ses lunettes et dit : « Pour moi, vous sentez le Naturaliste. »

Le rouquin regarda attentivement son adversaire. Il prit note de la grosse bague en plutonium qui ornait sa main fine — susceptible de briser n'importe quelle mâchoire. « Et vous, qu'est-ce que vous êtes ? marmonna-t-il. Une lavette de Puriste ? C'est une honte. » Odieusement, il fit mine de lui cracher à la figure, puis se retourna vers Walsh. « Écoutez, l'ami, vous savez bien ce qu'ils veulent, ces Puristes. Faire de nous des dégénérés. Nous transformer en une race de femmelettes. Si Dieu a voulu que l'univers soit ce qu'il est, il est bien assez bon pour moi. Aller à l'encontre de la nature, c'est aller contre la volonté de Dieu. Cette planète a été conquise par des hommes au sang bien rouge, de vrais hommes fiers de leur corps, de leur allure et de leur odeur. » Il frappa sa large poitrine. « Bon Dieu, moi je suis fier de mon odeur ! »

Walsh essayait par tous les moyens de gagner du temps. « Je…, bafouilla-t-il. Non, je ne peux pas signer.

— Vous avez peut-être déjà signé ?

— Non. »

Le soupçon se peignit sur les traits épais du rouquin. « Vous voulez dire que vous êtes pour l'amendement Horney ? » Sa voix pâteuse s'enfla de colère. « Vous voulez donc voir la fin de l'ordre naturel des…

— Je descends ici », coupa Walsh ; il s'empressa de tirer d'un coup sec sur le cordon d'arrêt du disque. Celui-ci descendit prestement vers le grappin magnétique situé à l'extrémité de l'unité résidentielle de Walsh, une rangée de carrés blancs qui se détachait sur le flanc vert et brun de la colline.

« Attendez un peu, l'ami. » Le rouquin tendit une main menaçante vers la manche de Walsh tandis que le disque achevait sa glissade sur la surface plane du grappin. Là étaient garées des rangées de véhicules de surface : les épouses attendaient leur mari pour le ramener à la maison. « Votre attitude me déplaît. Vous avez peur de relever la tête et de vous faire remarquer. Vous avez honte d'appartenir à votre espèce ? Bon Dieu, si vous êtes un homme, pourquoi ne pas… »

Le grand mince aux tempes grises assena un coup de bague au rouquin, qui lâcha la manche de Walsh. La pétition tomba par terre avec un bruit métallique et, sans un mot, les deux hommes s'empoignèrent furieusement.

Walsh écarta le rail de sécurité et sauta du disque ; il dévala les trois marches du grappin et

posa le pied sur la couche de mâchefer qui re-
couvrait le parking. Dans la pénombre du soir
tombant, il distingua la voiture de sa femme ;
Betty attendait en regardant la télévision du ta-
bleau de bord, sans s'apercevoir de sa présence
ni remarquer les deux hommes qui se battaient,
le Naturaliste aux cheveux roux et le Puriste
grisonnant.

« Vous n'êtes qu'un animal, haleta ce dernier
en se redressant. Un animal puant ! »

Le rouquin était affalé, à demi assommé,
contre le rail de sécurité. « Espèce de... tapette ! »
grogna-t-il.

L'homme aux cheveux gris appuya sur le bou-
ton de décollage ; le disque s'éleva au-dessus de
la tête de Walsh et poursuivit son chemin.
Walsh agita la main pour lui exprimer sa recon-
naissance. « Merci, lança-t-il. C'est chic de votre
part.

— Je vous en prie », répondit gaiement l'autre
en tâtant une dent cassée. Sa voix faiblissait à
mesure que le disque prenait de l'altitude. « Toujours content de donner un coup de main à un
camarade... » Les derniers mots parvinrent aux
oreilles de Walsh : « Un camarade puriste.

— Mais je ne suis pas un Puriste ! cria en vain
Walsh. Je ne suis ni Puriste ni Naturaliste, vous
comprenez ? »

Mais nul ne l'entendit.

« Je ne suis pas des leurs », répétait inlassablement Walsh en avalant son dîner — maïs, pommes de terre et côtelettes. « Ni Puriste ni Naturaliste. Pourquoi faudrait-il que je sois d'un côté ou de l'autre ? N'y a-t-il donc pas de place pour les hommes dotés de leur propre opinion ?

— Mange, mon chéri », murmura Betty.

À travers les minces cloisons de la petite salle à manger pimpante leur parvenaient les tintements de vaisselle émis par les autres familles attablées, à quoi s'ajoutaient d'autres conversations en cours, le vacarme cacophonique des postes de télévision, le grondement sourd des cuisinières, des congélateurs, des climatiseurs et autres appareils de chauffage muraux. En face de Walsh, son beau-frère Carl engouffrait une deuxième assiettée fumante. À côté de lui, son fils Jimmy, quinze ans, feuilletait une édition de poche de *Finnegans Wake* achetée au centre commercial souterrain approvisionnant l'unité résidentielle autonome.

« On ne lit pas à table », dit Walsh à son fils d'un ton courroucé.

Jimmy leva les yeux. « Ça ne prend pas. Je connais les règles de l'unité ; sûr que celle-ci n'en fait pas partie. Et de toute manière, il faut que je lise ce livre avant de sortir.

— Où vas-tu ce soir, mon chéri ? s'enquit Betty.

— C'est en rapport avec le parti officiel, biaisa Jimmy. Je ne peux pas vous en dire plus. »

Walsh se concentra sur son assiette en s'efforçant de refréner la salve de réflexions qui tempêtaient dans son crâne. « En rentrant du travail, j'ai assisté à une bagarre. »

Jimmy témoigna quelque intérêt. « Qui a gagné ?

— Le Puriste. »

Lentement, le visage de l'adolescent s'illumina de fierté ; il avait grade de sergent à la Ligue des jeunesses puristes. « Papa, tu devrais te remuer un peu. Si tu t'enrôles maintenant, tu auras le droit de voter lundi prochain.

— J'ai bien l'intention de voter.

— Impossible si tu n'appartiens pas à l'un ou l'autre parti. »

C'était exact. Walsh dirigea un regard malheureux par-dessus la tête de son fils en songeant aux jours à venir. Il se vit embarqué dans d'infinies situations pitoyables comme celle qu'il venait de vivre ; il se ferait agresser tantôt par les Naturalistes, tantôt (comme la semaine passée) par des Puristes enragés.

« Tu sais qu'en restant bêtement assis là, tu rends service aux Puristes », déclara son beau-frère. Il éructa de contentement et repoussa son assiette. « Tu rentres dans la catégorie de ce que nous appelons les pro-Puristes passifs. » Il fusilla Jimmy du regard. « Espèce de morveux ! Si tu étais majeur je t'emmènerais dehors et je te chaufferais drôlement les oreilles.

« — Je vous en prie, soupira Betty. Pas de politique à table. Un peu de paix et de tranquillité, pour une fois. Il me tarde vraiment que les élections soient passées. »

Carl et Jimmy échangèrent un regard furieux et continuèrent à manger d'un air circonspect. « Tu devrais prendre tes repas dans la cuisine, lui dit Jimmy. Sous la cuisinière. Tu y serais à ta place. Regarde-toi, tu es couvert de sueur. » Il s'arrêta le temps d'émettre un méchant ricanement. « Quand l'amendement sera voté, tu aurais intérêt à te débarrasser de ça si tu ne veux pas être jeté en prison. »

Carl devint cramoisi. « Vous n'arriverez jamais à le faire passer, bande de saligauds. » Mais sa grosse voix manquait de conviction. Les Naturalistes avaient peur ; les Puristes contrôlaient le Conseil fédéral. Si le scrutin se prononçait en leur faveur, il était fort possible que le projet visant à rendre obligatoire le respect des cinq points du code puriste ait soudain force de loi. « Personne ne m'enlèvera mes glandes sudoripares, marmonna Carl. Personne ne m'obligera à contrôler mon haleine, à me blanchir les dents et à me faire repousser les cheveux. On se salit, on devient vieux, gras et chauve, mais c'est la vie qui veut ça.

— Est-ce que ce qu'il dit est vrai ? demanda Betty à son époux. Est-ce qu'inconsciemment tu es pour les Puristes ? »

Don Walsh déchiqueta sauvagement un reste de côtelette. « On me traite soit de pro-Puriste, soit de pro-Naturaliste, parce que je n'appartiens à aucun des deux partis. Moi, je dis que ça s'équilibre. Si je suis l'ennemi de tout le monde, alors je ne suis l'ennemi de personne. Ni l'ami, d'ailleurs, ajouta-t-il.

— Vous les Naturalistes, vous n'avez rien à proposer pour l'avenir, dit Jimmy en s'adressant à Carl. Qu'avez-vous à offrir à la jeunesse de ce monde, aux gens comme moi ? Des grottes, de la viande crue et une existence bestiale. Vous êtes contre la civilisation.

— Des slogans, tout ça, rétorqua Carl.

— Vous voulez nous ramener à un mode de vie primitif excluant l'intégration sociale. » Jimmy agita un doigt exalté sous le nez de son oncle. « Vous êtes thalamo-orientés !

— Je vais te rompre les os, gronda Carl en se levant à demi. Les salauds de Puristes que vous êtes n'ont aucun respect pour leurs aînés. »

Jimmy laissa échapper un gloussement aigu. « J'aimerais bien voir ça. Frapper un mineur, ça vaut cinq ans de prison. Allez, vas-y, frappe-moi ! »

Don Walsh se mit pesamment sur pied et quitta la salle à manger.

« Où vas-tu ? lança Betty avec mauvaise humeur. Tu n'as pas fini ton dîner.

— L'avenir appartient aux jeunes, déclara Jimmy à l'intention de Carl. Et la jeunesse de cette planète est résolument puriste. Vous n'avez pas l'ombre d'une chance ; la révolution puriste est en marche. »

Don Walsh sortit de chez lui et s'engagea dans le couloir commun en direction de l'escalier. De chaque côté, des rangées de portes closes. La lumière, le bruit, l'activité évoquaient tout autour de lui la présence immédiate des autres familles et de leurs diverses interactions domestiques. Il croisa deux adolescents flirtant dans l'obscurité et parvint à l'escalier. Il marqua une pause, puis reprit brusquement son chemin et descendit au dernier niveau de l'unité.

Il était désert, glacial et légèrement humide. Au-dessus de sa tête, les bruits des habitants s'étaient assourdis et le plafond de béton ne laissait plus passer que de faibles échos. Brusquement plongé dans l'isolement et le silence complets, pensif, il poursuivit sa progression entre les épiceries et les boutiques de denrées déshydratées rendues à l'obscurité, dépassa le salon de beauté, le marchand de spiritueux, la laverie et le magasin de fournitures médicales, puis le dentiste, le médecin, et parvint dans l'antichambre du psychanalyste de l'unité.

Il l'aperçut dans l'autre pièce, immobile et muet dans la pénombre du soir. Personne n'étant venu le consulter, il n'était pas en service.

Walsh hésita, puis franchit le portail de détection donnant dans l'antichambre et frappa à la porte vitrée du cabinet. Sa seule présence entraîna la fermeture de contacteurs et interrupteurs divers ; brusquement, les lumières du cabinet s'allumèrent, l'analyste se redressa sur son siège, sourit et fit mine de se lever.

« Don ! lança-t-il chaleureusement. Venez donc vous asseoir. »

Walsh entra et s'exécuta avec lassitude. « J'ai eu envie de venir vous parler, Charley.

— Naturellement, Don. » Le robot se pencha en avant de manière à voir l'horloge posée sur son grand bureau d'acajou. « Mais n'est-ce pas l'heure du dîner ?

— Si, reconnut Walsh. Seulement, je n'ai pas faim. Charley, vous savez, ce dont nous avons parlé la dernière fois... Vous vous rappelez ce qui me posait des problèmes.

— Naturellement, Don. » Le robot s'enfonça dans son fauteuil pivotant, posa des coudes presque parfaitement imités sur le bureau et enveloppa son patient d'un regard amène. « Comment se sont passés ces deux derniers jours ?

— Plutôt mal. Il faut que je fasse quelque chose. Vous devez m'aider ; vous au moins vous êtes impartial. » Il implora le visage quasi humain en plastique et métal. « Vous ne subissez aucune influence, vous. Comment puis-je rallier un des deux partis ? Tous ces slogans, cette propagande, je trouve ça tellement… stupide. Comment voulez-vous que je m'enthousiasme pour des histoires de dents immaculées et d'odeurs de dessous de bras ? Dire que les gens s'assassinent pour des détails pareils. Tout cela n'a aucun sens. Si l'amendement est voté nous allons connaître une guerre civile suicidaire et il va falloir que je choisisse mon camp. »

Le robot acquiesça. « Je comprends, Don.

— Je suis censé aller frapper quelqu'un en pleine tête parce qu'il a ou n'a pas d'odeur corporelle, c'est ça ? Quelqu'un que je n'ai jamais vu ? Il n'en est pas question. Je refuse. Pourquoi ne me laissent-ils pas tranquille ? Pourquoi dois-je participer à… à cette folie ? »

L'analyste sourit d'un air tolérant. « Vous êtes trop dur, Don. Vous êtes en dehors de la société, alors le climat culturel et les mœurs ne vous paraissent pas très convaincants. Seulement, cette société est la nôtre. Vous devez vivre en son sein. Vous ne pouvez vous tenir à l'écart. »

Walsh s'obligea à réprimer le tremblement de ses mains. « Voici ce que je pense. Tous ceux qui ont envie d'avoir une odeur devraient y être autorisés. Tous ceux qui n'en ont pas envie devraient pouvoir se faire enlever les glandes sudoripares. Où est le problème ?

— Don, vous ne regardez pas les choses en face. » Le robot s'exprimait d'une voix calme, neutre. « Ce que vous êtes en train de dire, c'est que personne n'a raison dans cette histoire. Or c'est insensé, n'est-ce pas ? Il faut bien qu'un côté ait raison.

— Pourquoi ?

— Parce que chaque parti exploite jusqu'au bout les possibilités matérielles qui lui sont offertes. Votre position n'en est pas une, en réalité... C'est plutôt une *description*. Voyez-vous, Don, vous êtes psychologiquement incapable d'affronter les problèmes. Vous ne voulez pas vous engager de peur de perdre votre liberté, votre individualité. Vous affichez une espèce de virginité intellectuelle ; vous voulez rester pur. »

Walsh réfléchit. « Ce que je veux, dit-il enfin, c'est conserver mon intégrité.

— Vous n'êtes pas un individu isolé, Don. Vous faites partie d'une société... Les idées ne peuvent exister dans le vide.

— J'ai le droit de m'en tenir à mes propres idées.

— Mais non, Don, répliqua doucement le robot. Ces idées ne vous appartiennent pas ; ce n'est pas vous qui les avez créées. Vous ne pouvez pas les accepter ou les refuser comme ça vous chante. Elles opèrent à travers vous... C'est un conditionnement instillé en vous par votre milieu. Vos convictions sont le reflet de certaines forces, de certaines pressions sociales. Dans votre cas, ces deux tendances mutuellement exclusives vous ont conduit à une sorte d'impasse. Vous êtes en guerre contre vous-même… Si vous n'arrivez pas à vous décider pour un des deux partis, c'est parce qu'il y a en vous des éléments de l'un et de l'autre. » Le robot hocha la tête d'un air entendu. « Mais vous devez prendre une décision. Il faut résoudre ce conflit et passer à l'action. Vous ne pouvez pas rester spectateur… Vous devez participer. Personne ne peut rester spectateur devant la vie… et c'est bien de la vie qu'il s'agit.

— Vous voulez dire qu'il n'existe rien d'autre au monde que cette histoire de transpiration, de dents et de cheveux ?

— Si, il y a d'autres formes de société. Mais la nôtre est celle qui vous a vu naître. C'est aussi la vôtre… Vous n'en aurez jamais d'autre. Soit vous vivez en son sein, soit vous ne vivez pas du tout. »

Walsh se remit debout. « En d'autres termes, c'est moi qui dois opérer le rajustement. Si quelque chose doit céder, il faut que ce soit moi.

— J'en ai bien peur, Don. Il serait idiot de croire que le reste du monde va s'adapter à vous, n'est-ce pas ? Trois milliards et demi d'êtres devraient changer simplement pour plaire à Don Walsh ? Voyez-vous, Don, vous n'avez pas tout à fait dépassé le stade de l'égoïsme infantile, ni pleinement réussi à regarder la réalité en face. » Le robot sourit. « Mais ça viendra. »

L'air maussade, Walsh se prépara à s'en aller. « Je vais y réfléchir.

— C'est pour votre bien. Don. »

Arrivé à la porte, Walsh se retourna pour ajouter quelque chose. Mais le robot s'était éteint tout seul ; les coudes toujours posés sur le bureau, il sombrait à nouveau dans l'obscurité et le silence. La lumière faiblissante du plafonnier lui révéla un détail qu'il n'avait pas encore remarqué. Au fil électrique constituant le cordon ombilical du robot était nouée une étiquette en plastique blanc. Il distingua une inscription :

PROPRIÉTÉ DU CONSEIL FÉDÉRAL
RÉSERVÉ À L'USAGE PUBLIC

Comme tout ce qu'on trouvait dans l'unité multifamilles, le robot était fourni par les institutions régnantes. L'analyste était une créature de l'État, un fonctionnaire avec bureau et emploi. Son rôle était de réconcilier les gens comme Don avec le monde tel qu'il était.

Mais s'il n'écoutait pas l'analyste de l'unité, qui était-il censé écouter ? Où aller ?

Trois jours plus tard vinrent les élections. Les gros titres tapageurs ne lui apprirent rien qu'il ne sût déjà ; toute la journée les dernières nouvelles s'étaient fiévreusement répandues dans le bureau. Il remit le journal dans la poche de son manteau et attendit d'être rentré chez lui pour y jeter un coup d'œil.

LES PURISTES L'EMPORTENT HAUT
LA MAIN. L'ADOPTION
DE L'AMENDEMENT HORNEY
NE FAIT PLUS DE DOUTE

Walsh se laissa tomber dans son fauteuil avec lassitude. À la cuisine, Betty s'affairait autour du dîner. Le tintement plaisant des plats et la chaude odeur des mets en train de cuire se répandaient dans le petit appartement propret.

« Les Puristes ont gagné », annonça Walsh lorsque Betty entra, les mains pleines de couverts et de tasses. « Tout est fini.

— C'est Jimmy qui va être content, répondit-elle d'un ton vague. Je me demande si Carl sera là pour dîner. » Elle se livra à un calcul silencieux. « Je devrais peut-être me dépêcher d'aller chercher du café au sous-sol.

— Tu ne comprends donc pas ? s'exclama Walsh. Ça y est ! Les Puristes ont tous les pouvoirs !

— J'ai compris, répliqua Betty d'un ton revêche. Ce n'est pas la peine de crier. Est-ce que tu avais signé la pétition ? Celle que les Naturalistes faisaient circuler ?

— Non.

— Dieu soit loué. Je savais que tu ne ferais pas

ça ; tu ne signes jamais rien de ce qu'on nous propose. » Elle repartit sans se presser vers la cuisine. « J'espère que Carl se rendra compte qu'il doit faire quelque chose. Je n'ai jamais aimé le voir traîner ici à siffler de la bière et puer comme un porc pendant l'été. »

La porte s'ouvrit et Carl entra en coup de vent, les joues en feu et le sourcil froncé. « Ne m'attends pas pour le dîner, Betty. Je vais à une réunion de crise. » Il jeta un rapide coup d'œil à Walsh. « Tu es content maintenant ? Si tu y avais mis ton grain de sel, peut-être que rien ne serait arrivé.

— Ils vont faire voter l'amendement bientôt ? » s'enquit Walsh.

Carl éclata d'un rire nerveux. « C'est déjà fait. » Il ramassa une brassée de papiers sur son bureau et les enfourna dans le vide-ordures. « Nous avons des informateurs au quartier général puriste. Dès que les membres du Conseil ont prêté serment, ils ont fait passer l'amendement de force. Ils essaient de nous prendre de vitesse. » Il eut un sourire sans joie. « Mais ils n'y arriveront pas. »

La porte claqua et les pas pressés de Carl décrurent dans le couloir.

« Je ne l'ai jamais vu se remuer aussi vite », remarqua Betty d'un air songeur.

Tout en écoutant les pas pesants mais rapides de son beau-frère, Walsh sentit l'horreur grandir en lui. Dehors, Carl montait prestement dans sa voiture. Le moteur rugit ; il s'éloigna. « Il a peur, dit Walsh. Il se sent en danger.

— Je ne m'en fais pas pour lui. Il est suffisamment robuste. »

Walsh alluma une cigarette d'une main tremblante. « Ça ne suffira pas, cette fois. Comment peuvent-ils vouloir cela ? Imposer un amendement comme ça, obliger tout le monde à se conformer à ce qu'*eux* croient être juste. Mais c'était dans l'air depuis des années… Ce n'est que la dernière étape d'une longue route.

— Si seulement ils en finissaient une bonne fois pour toutes, se plaignit Betty. Est-ce que ça a toujours été comme ça ? Je ne me souviens pas d'avoir sans arrêt entendu parler politique quand j'étais gosse.

— En ce temps-là, on n'appelait pas ça de la politique. Les industriels ont matraqué les gens pour les forcer à acheter, consommer. L'offensive tournait autour de cette histoire d'hygiène centrée sur les cheveux, la transpiration et les dents ; les gens des villes s'y sont mis et ont construit toute une idéologie à partir de là. »

Betty mit la table et apporta les plats. « Tu veux dire que le mouvement politique puriste a été créé de toutes pièces ?

— Ils ne se sont pas rendu compte de l'emprise qu'il avait sur eux. Ils n'ont pas vu que pour leurs enfants, avoir les aisselles inodores, les dents blanches et les cheveux soignés était la chose la plus importante au monde. Une cause qui valait qu'on se batte et qu'on meure pour elle. Suffisamment essentielle pour qu'on assassine les opposants.

— Les Naturalistes sont venus des campagnes ?

— Oui, ils vivaient loin des villes, ils n'étaient pas conditionnés par les mêmes stimuli. » Walsh eut un mouvement de tête irrité. « Incroyable qu'un homme soit prêt à assassiner ses semblables pour des bêtises pareilles. De tout temps les hommes se sont entre-tués pour un mot stupide, un slogan inepte qu'on leur avait mis dans la tête — des gens qui, eux, ne prenaient pas de risques et touchaient les bénéfices.

— Ce n'est pas inepte, s'ils y croient.

— Il est inepte de tuer un individu parce qu'il a mauvaise haleine ! De le passer à tabac parce qu'il ne s'est pas fait enlever les glandes sudoripares pour les remplacer par des tubes artificiels d'évacuation des déchets organiques. Nous allons avoir une guerre insensée ; les Naturalistes ont entreposé des armes dans leurs quartiers généraux. Les gens mourront tout autant que si la cause était réelle.

— C'est l'heure de manger, mon chéri, fit Betty en indiquant la table.

— Je n'ai pas faim.

— Cesse de bouder et viens manger. Sinon tu auras une indigestion et tu sais fort bien ce qui se passera. »

Il le savait, en effet. Sa vie serait en danger. Un seul renvoi en présence d'un Puriste et ce serait la lutte à mort. Le monde ne pouvait à la fois renfermer des hommes qui rotaient et d'autres qui ne supportaient pas de les entendre roter. Il fallait que les uns ou les autres cèdent… et c'était fait. On avait voté l'amendement : les jours des Naturalistes étaient comptés.

« Jimmy rentrera tard ce soir, dit Betty en se servant de côtelettes d'agneau, de petits pois et de crème de maïs. Les Puristes donnent une espèce de fête. Discours, défilés, retraites aux flambeaux. » Elle ajouta d'un ton rêveur : « On ne pourrait pas aller regarder ? Ce sera joli, toutes ces lumières et toutes ces voix, tous ces gens qui défilent au pas.

— Tu n'as qu'à y aller. » Walsh absorbait son repas d'un air indifférent. Il mangeait sans appétit. « Va t'amuser. »

Ils étaient toujours à table lorsque la porte s'ouvrit à la volée. Carl fit irruption dans l'appartement. « Il en reste un peu pour moi ? » demanda-t-il.

Stupéfaite, Betty se leva à demi. « Mais Carl ! Tu ne… tu ne sens plus rien ! »

Carl prit place à table et se jeta sur le plat de côtelettes. Puis il se ravisa, en choisit délicatement une petite et y ajouta une modeste portion de pois. « J'ai faim, admit-il, mais sans plus. » Il se mit à manger avec soin, en silence.

Muet de stupeur, Walsh le contempla fixement.
« Mais qu'est-ce qui t'est arrivé ? s'enquit-il. Tes
cheveux… et tes dents, ton haleine ? *Qu'est-ce
que tu as fait ?* »

Carl répondit sans lever les yeux : « C'est la
politique du parti. Repli stratégique. Face à cet
amendement, il n'y a pas lieu de se montrer té-
méraire. Enfin, quoi ! Nous n'avons pas du tout
l'intention de nous faire massacrer. » Il but une
petite gorgée de café tiède. « En fait, nous sommes entrés dans la clandestinité. »

Walsh reposa lentement sa fourchette. « Est-
ce à dire que tu ne te battras pas ?

— Bien sûr que non. Ce serait un suicide. »
Carl jeta un bref regard circulaire. « Maintenant
écoutez-moi. Je suis tout à fait en règle avec les
dispositions de l'amendement Horney ; on ne
peut absolument rien me reprocher. Quand les
flics viendront fouiner ici, restez muets. L'amendement nous reconnaît le droit d'abjurer, et
concrètement, c'est ce que nous avons fait.
Nous sommes irréprochables ; ils ne peuvent
pas nous atteindre. Mais mieux vaut ne pas en
dire plus. » Il leur montra une petite carte de
couleur bleue. « La carte de membre du Parti
puriste. Antidatée ; nous avons paré à toute
éventualité.

— Oh ! Carl ! s'écria Betty, ravie. Je suis si
contente ! Tu as une allure… magnifique ! »

Walsh ne fit aucun commentaire.

« Qu'est-ce que tu as ? lui demanda Betty. Ce n'est pas ce que tu espérais ? Justement, tu ne voulais pas qu'ils se battent, qu'ils s'entre-tuent... » Sa voix monta dans les aigus. « Tu n'es jamais content ! Tu as ce que tu voulais mais non : tu n'es toujours pas satisfait. Je me demande bien ce que tu attends de plus. »

Ils entendirent du bruit au pied de l'immeuble, Carl se redressa sur sa chaise et, l'espace d'un instant, son visage perdit ses couleurs. S'il en avait encore eu la possibilité, il se serait mis à transpirer. « La police de conformité, dit-il d'une voix pâteuse. Restez tranquilles. Ils vont se livrer à une vérification de routine et passer leur chemin.

— Mon Dieu, s'étrangla Betty. Pourvu qu'ils ne cassent rien. Je devrais peut-être aller me rafraîchir un peu ?

— Tiens-toi tranquille, grinça Carl. Ils n'ont aucune raison de nous soupçonner. »

La porte s'ouvrit et livra passage à Jimmy, entouré de policiers vêtus de vert qui l'écrasaient de toute leur haute taille.

« Le voilà ! piailla-t-il en montrant Carl du doigt. C'est un membre officiel du Parti naturaliste ! Sentez-moi ça ! »

Les policiers se répartirent efficacement dans la pièce. Ils allèrent entourer Carl, toujours immobile, l'examinèrent rapidement, puis reculèrent. « Pas d'odeur corporelle, répliqua le sergent. Pas de mauvaise haleine. Chevelure épaisse et soignée. » Il fit un geste, et Carl ouvrit docilement la bouche. « Dents blanches, parfaitement brossées. Rien d'inacceptable. Non, cet homme est en règle. »

Jimmy lança un regard furieux à son oncle. « Drôlement malin, hein ? »

Carl piqua stoïquement sa fourchette dans son plat sans se préoccuper de l'adolescent ni de la police.

« Apparemment, nous avons démantelé le noyau dur de la résistance naturaliste, dit le sergent dans son micro de gorge. Dans cette zone au moins, il n'existe pas d'opposition organisée.

— Parfait, répondit l'appareil. La région était un bastion du Naturalisme. Toutefois, nous devons poursuivre et mettre en route le processus de purification réglementaire. Il faut que tout soit en place le plus tôt possible. »

L'un des agents reporta son attention sur Don Walsh. Ses narines se plissèrent et une expression sournoise se peignit sur ses traits. « Comment vous appelez-vous ? » demanda-t-il.

Walsh donna son nom.

Les policiers vinrent prudemment l'encadrer. « Odeur corporelle, nota l'un d'eux. Mais les cheveux sont sains et bien entretenus. Ouvrez la bouche. »

Walsh s'exécuta.

« Dents propres et blanches. Mais… » Le flic renifla. « Haleine légèrement nauséabonde… origine gastrique. Il y a quelque chose de bizarre. C'est un Naturaliste ou non ?

— Ce n'est pas un Puriste, dit le sergent. Un Puriste n'aurait pas d'odeur corporelle. Donc, c'est un Naturaliste. »

Jimmy se força un passage. « Cet homme, expliqua-t-il, n'est qu'un compagnon de route. Il n'est pas membre du parti.

— Vous le connaissez ?

— Nous… nous sommes parents », reconnut Jimmy.

Les policiers prirent note. « Il a été proche des Naturalistes, mais sans aller jusqu'au bout, c'est ça ?

— Il est à la limite, acquiesça Jimmy. C'est un quasi-Naturaliste. On peut encore le récupérer ; il ne devrait pas être considéré comme un criminel.

— À redresser, inscrivit le sergent. Ça va, dit-il à Walsh. Rassemblez vos affaires, il faut y aller. Pour les gens comme vous, l'amendement prévoit la purification obligatoire. Ne perdons pas de temps. »

Walsh frappa le sergent à la mâchoire.

Le policier s'étala grotesquement et avec force moulinets, le visage figé par l'incrédulité. Les autres dégainèrent avec des gestes hystériques et se mirent à tourner en rond en pous-

sant des cris et en se heurtant les uns aux autres.
Betty lâchait des hurlements sauvages. Les
criailleries de Jimmy se perdaient dans le vacarme généralisé.

Walsh s'empara d'une lampe et la fracassa sur
le crâne d'un agent. Les lumières de l'appartement vacillèrent, puis s'éteignirent tout à fait ;
la pièce devint un chaos de ténèbres hurlantes.
Walsh rencontra un corps ; il lui expédia un
coup de genou et l'autre s'affaissa avec un grognement de douleur. L'espace d'un instant il se
perdit dans l'effervescence du tohu-bohu ; puis
ses doigts rencontrèrent la porte. Il l'entrouvrit
et se précipita dans le couloir.

Il atteignit l'ascenseur. Quelqu'un venait derrière lui. « Mais *pourquoi* as-tu fait ça ? geignit
Jimmy. Moi qui avais tout arrangé — tu n'avais
pas à t'en faire ! »

Sa petite voix aux accents métalliques faiblissait à mesure que la cabine plongeait dans le
puits en direction du rez-de-chaussée. Derrière
Walsh, les policiers s'engageaient avec circons-
pection dans le couloir ; le bruit de leurs bottes
rendait un son lugubre.

Walsh jeta un coup d'œil à sa montre. Il dis-
posait sans doute de quinze à vingt minutes.
Ensuite, ils l'arrêteraient. C'était inévitable. Il
inspira à fond, sortit de l'ascenseur et s'engagea
aussi posément que possible dans la galerie

marchande déserte, avec ses enfilades de vitrines obscures.

Lorsqu'il pénétra dans l'antichambre, Charley était en service. Deux hommes attendaient, un troisième était en consultation. Mais en voyant l'expression de Walsh, le robot lui fit instantanément signe d'approcher.

« Que se passe-t-il, Don ? s'enquit-il avec sérieux en lui désignant un siège. Asseyez-vous et dites-moi ce qui vous tracasse. »

Walsh lui raconta tout.

Lorsqu'il eut terminé, l'autre s'enfonça dans son fauteuil et émit un sifflement sourd, sans timbre. « C'est un délit grave, Don. Vous allez vous retrouver en prison ; c'est prévu par le nouvel amendement.

— Je sais », acquiesça Walsh. Il ne ressentait rien. Pour la première fois depuis des années, le tourbillon incessant de sentiments et de pensées qui lui emplissait l'esprit avait disparu. Il était un peu fatigué, voilà tout.

Le robot secoua la tête. « Ma foi, on dirait que vous avez fini par franchir le pas. C'est déjà quelque chose ; enfin vous avez une ligne de conduite. » La machine plongea pensivement la main dans le premier tiroir de son bureau et en sortit un bloc-notes. « Le fourgon de police est-il déjà là ?

— J'ai entendu des sirènes en entrant. »

Les doigts de métal tambourinaient sans discontinuer sur la surface d'acajou. « La levée soudaine de vos inhibitions marque une intégration psychologique certaine. Vous n'êtes plus indécis maintenant, n'est-ce pas ?

— Non, répondit Walsh.

— Parfait. Il fallait bien que cela arrive un jour. Néanmoins, je regrette que les choses se soient passées ainsi.

— Pas moi, rétorqua Walsh. Il n'y avait pas d'autre solution. Tout est clair pour moi, maintenant. L'indécision n'est pas nécessairement un état d'esprit négatif. Ne pas gober les slogans, les partis organisés, les croyances et le sacrifice, ce peut être en soi une croyance digne du sacrifice de soi. Je pensais être sans credo… mais je me rends compte à présent que j'ai au contraire de très fortes convictions. »

Le robot n'écoutait plus. Il gribouilla quelque chose sur son bloc, signa puis détacha la feuille d'une main experte. « Voilà. » Il la tendit prestement à Walsh.

« Qu'est-ce que c'est ? s'enquit ce dernier.

— Rien ne doit venir interrompre votre thérapie. Vous êtes enfin sur la bonne voie et nous devons continuer à avancer. » Le robot se mit promptement debout. « Je vous souhaite bonne chance, Don. Montrez ceci à la police ; s'ils vous font encore des ennuis, dites-leur de m'appeler. »

Le papier était à l'en-tête du Comité psychiatrique fédéral. Sans réagir, Walsh le retourna entre ses mains. « Vous voulez dire que ce papier va me tirer d'affaire ?

— Vous avez agi sur une impulsion ; vous n'étiez pas responsable de vos actes. Il sera pratiqué un examen superficiel, naturellement, mais rien de bien inquiétant. » Le robot lui donna une tape débonnaire dans le dos. « C'était votre tout dernier comportement névrotique… Désormais, vous êtes libre. C'était du refoulement, une affirmation symbolique de votre libido sans aucune signification politique.

— Je vois », fit Walsh.

Le robot le poussa énergiquement vers la sortie. « Maintenant, allez leur remettre ce papier. » Le robot expulsa de son thorax chromé un petit flacon. « Et prenez une de ces pilules avant de vous coucher. Juste un léger sédatif pour calmer vos nerfs. Tout ira bien ; je compte vous revoir bientôt. Et n'oubliez pas : nous faisons enfin de réels progrès. »

Walsh se retrouva dans la nuit. Un fourgon de police était garé à l'entrée de l'unité, vaste, sombre et menaçant, il se profilait sur fond de ciel mort. Un attroupement de curieux s'était formé à quelque distance ; on essayait de savoir ce qui se passait.

Walsh rangea machinalement le flacon dans la poche de sa veste. Il resta un instant immobile, respirant l'air glacial, l'odeur claire et froide du soir. Au-dessus de sa tête brillaient quelques pâles et lointaines étoiles.

« Hé là ! » cria l'un des policiers. Il lui braqua sa torche en plein visage. « Venez un peu par ici.

— On dirait que c'est lui, fit un autre. Avance un peu, mon gars. Et plus vite que ça. »

Walsh tira de sa poche le bon de Charley. « Je viens », répondit-il. Marchant vers le policier, il réduisit soigneusement le papier en morceaux et les jeta au vent. Ils s'envolèrent et s'éparpillèrent au loin.

« Qu'est-ce que c'était ? demanda l'un des flics.

— Rien. Juste un papier sans importance. Je n'en aurai pas besoin.

— Il est bizarre, ce type, dit un autre agent tandis qu'ils immobilisaient Walsh au moyen de leurs rayons glaçants. Il me donne la chair de poule.

— Réjouis-toi de ne pas en rencontrer davantage. À part quelques gars comme lui, tout marche comme sur des roulettes. »

Le corps inanimé de Walsh fut jeté dans le fourgon et les portes se refermèrent en claquant. Un dispositif de recyclage se mit instantanément en marche et entreprit d'incinérer le cadavre pour le décomposer en minéraux simples. Un instant plus tard le fourgon reprenait la route pour se rendre sur les lieux d'un autre appel.